苓菁作品

苓菁作品

苓菁作品

苓菁作品

禁獄

笭菁——著

CONTENTS

禁獄

楔子

略帶昏黃的路燈，斜長的照耀在長而窄的小巷道裡，這裡是市區裡的寧靜巷道，明明離大馬路不遠，卻永遠如此僻靜安寧。

或許因為它是條死巷，四周再也沒有太多岔路，連棟的四樓公寓比鄰而立，歷經數十年風霜的屹立在那兒。

長長的小巷子裡僅有一盞路燈，外頭都換上了全新的亮白燈泡，獨獨這一盞路燈彷彿被人遺忘似的，依舊使用著光源黯淡的老舊燈泡。

兩個提著鹹酥雞的大學生騎著機車拐進巷子裡，打開遠光燈，往最裡面騎去。

「這路燈怎麼都不修一下啦！」坐在後座的女孩子抱怨起來。

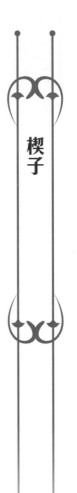

「這裡是迷你小巷子耶，他們可能以為一盞燈就夠了！」騎士也是女孩子，輕鬆的笑著，「反正機車有燈，照得清楚啦！」

餘音未落，噠噠聲響起，女騎士愕然的穩住機車，這台寶貝機車竟然突然熄火了！兩個女孩剛好停在路燈下，她們下車瞪著機車瞧，狐疑的皺起眉頭。

「喂！妳機車不是剛買嗎？」女孩嘟囔著。

「我怎麼知道……剛剛還好好的啊……」騎士心疼的下車，蹲下來想檢查。

啪嘰——機車的燈非常合作的熄滅了！

兩個女孩著實被嚇了一大跳，不約而同的尖叫出聲，呆站在路燈底下。

「喂！機車熄火會連燈一起滅嗎？」

「我……我不知道！」站在這漆黑無人的巷子裡，讓她格外不舒服。

「咳！我們牽車走過去好了，反正沒幾步路。」女孩指著前方，「而且幸好這不管用的路燈還有點餘光……」

啪！路燈連閃爍都沒有，說熄滅就熄滅。

這樣就算了，原本可以依靠的住戶燈光也在同一時間全數滅盡，彷彿大停電一樣，嚇得兩個女生失聲尖叫。

「手機咧！快把手機拿出來！」女孩們慌亂的摸黑找手機，「找到了！找到——」

手機一掀蓋，一張臉赫然就出現在女孩面前，差點就要貼上她的鼻尖。

「請問一下……」問話的是位五官非常模糊的人，聲音聽起來是個老人家，「妳是……」

「哇呀呀呀——」手機皮包滿天亂飛，兩個女孩沒命的拔腿狂奔，亂撞亂闖的衝出這條詭異的巷子。

幾秒鐘後，路燈突然又亮了起來，連那舊公寓都重獲光明。

而那兩個女生，隔天一早一人拎著一箱大行李，簡直是用逃的，逃離了這條嚇人的巷子。

第一章・精致套房

「哇，精緻套房，一學期一萬元，包水電、附網路、冷氣費一年三百……」我拿著剛剛自動黏上我纖細小腿的傳單，認真的看著，「十坪大小，附衛浴？真的假的！」

如果是真的，那可是踏破鐵鞋無覓處，得來全不費功夫啊！

我花了多少時間在找房子啊，想要找一間在學校跟打工處中間的房子，最好還可以包水電，問過仲介，查過網路，每一個人都嗤之以鼻的衝著我笑，說大台北地區去哪裡找這種房子！

哼！就給我遇上了吧？還近捷運耶！

要不是我阿娜答去當兵，該死的房東趁機抬價，我一口氣嚥不下，拒絕續約，現在才不會這麼辛苦，自己在外頭找房子！唉，這也是無可奈何的事，雖然考上了研究所，但是我可不想去住宿舍。

我大學時可是超級巴望抽到宿舍的，結果到了大三才讓我抽中，誰知這一中就撞鬼了，開學三天死了兩個室友，嚇得我立刻搬離宿舍，再也不認為住宿是件「很美好」的事情。

拿著傳單，循著地址，我彎進僻靜的巷子裡，這裡有三棟同樣設計的茶色連棟公寓，感覺有段歷史了，散發出濃濃的古早味，一整個超典雅！傳單上的住址是最後一棟公寓，我停在外頭打起上頭附註的手機。

「同鞋！同鞋！」還沒按完電話號碼，後頭就有台灣國語出現了，「妳素來看房子的喔！」

「嘿呀！」我也有樣學樣起來，「偶素來看房子的！這個寫得素真的還素假的啊！」

「當然素真的啊！上面寫的都不會騙妳啦！」迎上前的是個膚色黝黑的阿伯，「來來，妳看看，還有停車位喔！」

「偶沒開車啦！偶騎車！」阿伯看起來硬朗得很，還很親切呢！

「機車停車位也有啊！妳看！」阿伯帶我走進公寓裡頭，樓梯下全是空著的！

踏進公寓裡頭時，一陣清涼的風立刻迎面吹拂而來，彷彿與外頭的世界區隔開來一般，瞬間從炎熱進入涼爽；這個地理有學過，特殊的地勢，會造成這種自然的清涼……哇！那這裡真是個地理環境超好的公寓，先加個十分！

樓梯如同想像般陳舊，灰色石階搭配粉刷過的白色牆壁，扶把還是那種鐵條加紅色塑膠把手的類型，說有多古色古香就有多古色古香！

「同鞋，樓梯舊了點，不過渾穩固的！」阿伯回頭對我說，「上面更好，樓梯只是用來走的，不一定要混豪華嘛！」

「就是呀！阿伯，這樓梯讚啊！這好像是二、三十年前的裝潢耶！」我興奮的回應著。

阿伯明顯的愣了一下，突然打量了我全身上下。

「嘿、嘿呀……就素說啊！妳沒關係就好……」阿伯這麼說，繼續帶我往上走。

要出租的房間位在四樓，那兒採光良好，通風性佳，而且一層才六戶！簡直是學生們夢寐以求的屋子！不會有一堆人進進出出，半夜也不會有人聊天聊得過火，加上房間都隔得很遠，也應該聽不見貓叫春！

阿伯帶我來到位在角落的房門口前，那是扇很普通的米色木門，一站到門口，我又感受到微風徐徐吹來，四樓還這麼通風，我愛死這頂樓了！

只見阿伯回首望了我一眼，然後神秘兮兮的打開房間，我一看差點沒尖叫出來！十坪耶！你們知道十坪有多大嗎？一個學生能住到四坪房間都要偷笑了，十坪簡直是一個可以打籃球的空間了！

最重要的是，全新的衛浴設備、八成新的冷氣機、兩套桌椅，一張木製床具，一個大衣櫃，基本傢俱竟然也附了！

「我跟妳說啦，這裡不租妳會後悔啦！這麼大、連水電都包……」阿伯開始碎語起來，「不租一定是笨蛋啦！」

「阿伯！我很喜歡這裡！你放心啦！」

「真的嗎？」阿伯一臉期待。

「呃……對啊！」誰不喜歡啊？如果上面列的條件都千真萬確的話！「半年一萬元、包水電、冷氣一年三百斛，沒騙人？」

「沒！騙妳我就……」眼看著阿伯要發起誓來。

「阿伯，好啦好啦！」我趕緊阻止阿伯發誓，「就這樣了，我租了！」

「系金咧？」阿伯喜出望外的笑了起來。

「系啦，可素喔，我想多一個條件。」我劃上賊笑，比了一個1，「我要找人跟我合租喔！」

十坪大我一個人住太大了啦，倒不如找個清苦學生，兩個人一起合住，這樣子呢，一學期才五千元，冷氣一百五，不但省錢又住得舒服，我的哈尼知道的話，一定會讚賞我的！

跟阿伯敲定之後，我便上網張貼徵室友的文章，由於房間裡沒有隔間，兩個人得共處一室，所以我列了一些條件：因為我不喜歡家裡有味道，所以不能養寵物；還有，我有一點點大剌剌的，所以不能有潔癖。

晚上也不能太吵，能接受跟別人合住上的困擾或摩擦，更謝絕規矩及原則太多的人……至於最重要的一條我寫在最後，特別用特殊字體顯示，那是我最最在意的一條。

張貼後，我開始忙著搬家，根本來不及裝電腦，更別說上去看有沒有人回文了，但說也奇怪，我明明寫意者電洽啊，為什麼我的手機都沒有響過？這麼讚的房子，竟然都沒有一個人願意跟我合租？

終於到了第三天下午，我差不多把東西都拆箱時，有個女孩子打來了，而且人就在附近！

我下樓去接她時，第一印象意外的好，那是個眉清目秀的女孩子，看起來恬靜怡人，嘴角上翹，感覺是個很好相處的人。

「學姊好！」她一看見我，就親切的打招呼，超有禮貌。

「妳怎麼知道我是學姊？」我看起來變老了嗎？

「呃，因為妳有寫妳是研一生啊！我大三，所以當然叫學姊嘛！」女孩很可愛，靦腆的咬著下唇。

「哈哈哈，對對，我都忘記了！快上來，我跟妳說，這房子很正！」我趕忙拉過她，急著要帶她往樓上走。

一走進公寓，我瞧見她明顯的一怔，然後狐疑的環顧了四周。

「嘿，嚇一跳吧！一進來就有風，而且溫度變低了，對不對？」望著她呆呆的點頭，我開始得意的跟她解釋地理學。

學妹聽得一愣一愣的，讓我領著她上樓，帶她看了一圈房子後，她的表情滿複雜的，明明很驚訝又喜悅，但是好像有什麼事困擾她似的。

「學姊，真的只要符合妳貼出來的條件，就可以一起租嗎？」女孩眨了眨眼，「一學期只要付五千一百五十元，包水電不另收費？」

「沒錯！我跟房東契約都打好了！網路也不用錢喔！」我拍胸脯保證！「不過有些生活必需品我們要分攤喔！」

「那不是問題啦！哇……好心動喔！而且我也都符合學姊列的條件耶！」女孩興奮的笑著，卻突然不安的看了看我，「不過，學姊，妳最後一個條件……怎麼怪怪的？」

最後一個條件？嘿嘿，那可是最重要的！

「沒錯！八字要三兩以上，越重越優先！」我正經八百的跟她說著，「謝絕任何有陰陽眼或敏感體質的人！」

「為、為什麼啊？」她完全不能理解。

「學妹，妳想像一下，有個有陰陽眼的人跟妳住在一起，動不動就越過妳，看著妳後面的感覺……對吧！很毛吧？一次就受夠了，我可不想再來一次！」那段宿舍回憶，我回想起來就竄起雞皮疙瘩，「妳……有三兩吧？」

「呃……有有！」學妹點頭如搗蒜，「三兩……二！」

「行啦！聽說三兩以上就看不見了！」我開心的搭過學妹的肩，「從此以後我們就是室友囉！妳叫什麼名字？」

「呵！我叫王玉亭！企管三年級！」

「OK！我叫陳小美！妳別叫我學姊，叫我小美就可以了！」我喜出望外的握住她的手，「接下來就多多指教囉！」

多多指教囉……多多指教囉……多多指教囉……多多指教囉……

兩年前，我終於抽中了夢寐以求的宿舍，開學那天滿心歡喜的住進1501房，卻沒想到那是惡夢的開端！我是個八字高達六兩八，神經很大條的女人，從以前開始就什麼都看不見，也感受不到，所以算得上是非常鐵齒。

偏偏在我們房間對面的浴室裡，有個在二十多年前為情自殺的紅衣學姊，她原本待在浴室裡非常安分守己，結果因為一條項鍊被拿走了，就變成厲鬼，追著我們要東西！

拿走項鍊的是之前住在1501房的人，跟我同一個床位，因此那位很不會認人的厲鬼學姊堅持認為是我拿的，陸陸續續發生一連串的事情，同寢的陰陽眼同學，被附身後跳樓自盡，另一位學妹為了保護我而死。

原本愉快的住宿日子並不如想像中勾勒的美好，開學僅僅三天，一寢四人就死了兩個，我毅然決然退宿，到外頭去找房子。

因為這場意外，讓我多少瞭解到一些陰界的事情，也讓我跟暗戀很久的學長順利交往，自此爾後……我還是什麼都感覺不到！

學長家是開廟的，所以學長對於鬼啦、亡靈啦、惡魔啦都很有一手，他們家現在最厲害的傳人叫阿蓮，她超級特別……不！基本上我覺得學長家的人都很「特別」。

不管相處多久，我依然什麼都感覺不到，一來是因為我八字逼近皇帝命，二來是——嘿嘿，我陳小美有福氣，有好多個守護靈圍繞在我身邊！

伸出指頭來數，全是疼愛我的爺爺、奶奶、外公、外婆及媽媽，其他族繁不及備載，我只知道，我是全世界最幸福的孩子，逝世的親人依舊在保護著我。

當初跟厲鬼學姊搏鬥時，我曾因為在禁地流血而看得見她，也跟著看得見守護靈，我感動得痛哭流涕，因為我瞧見了爺爺、奶奶、外公、外婆和媽媽他們。

只可惜，事情結束後，我就沒有辦法感受了！

我也不會很期待看得到亡靈們，我還是喜歡我原來的生活，無拘無束，自由自在，神經永遠少好幾根，這樣的日子快樂得很呢！

「小美學姊，我買衛生紙回來囉！」玉亭回來了，提了一堆東西。

「啊啊～妳怎麼自己一個人跑去買了？不是說好一起去嗎？」我趕緊衝上前接過東西。

「我剛好路過，就順便買啦！」玉亭笑了起來，超天真可愛。

我拿起幾包衛生紙，擺放在房間裡，小桌子那邊也擺了一包，玉亭則是把整串衛生紙收好，手上留一包要拿到浴室去。這間十坪大的房間很讚，站在門口環顧四周，是個左邊小右邊大的長方形空間；右邊最靠牆的中間處就是浴室，而以位在中間的浴室門為界劃出一直線，裡邊屬我，外邊屬玉亭。

所以站在房門口瞧，正對著的就是我的書桌、跟著是我的床、床邊的陽台、最後是靠近浴室的衣櫃；而跟門同一邊牆的，就是玉亭緊鄰著房門的床、接下來是書桌，然後是她的活動式衣架。

至於我們的浴室當然比一般套房都來得大，門口對著馬桶、馬桶的右邊是洗手台，洗手台右邊是個空間很大的淋浴區，跟一般狹窄的套房不同，我們的淋浴區還有一圈簾子可以拉起來呢！

以中間的淋浴區為主，跟洗臉台同一面的牆壁是掛毛巾的地方，正對面的牆應該是掛浴巾的架子，設備算得上是很齊全。

擺放上面我們兩個很快就達成共識，我的東西一律擺右邊，而玉亭的東西就是左邊，非常清楚明瞭。

共住有些原則要分清楚，免得未來有紛爭。

「咦！小美學姊！」浴室裡傳來驚呼聲，「這怎麼回事？」

我趕緊放下手邊的東西，衝到浴室裡去看，浴室裡出現了怪異的現象，讓我瞪大了眼。

我清一色的藍色盥洗用具，應該都放在每一個地方的右手邊……玉亭的喜好是紅色，所以一切應該是有條不紊才對！但是現在映在我們眼裡的浴室，簡直亂七八糟！

顏色交錯，連牙刷都好好的擺在牙刷架上，我們平時是擱在漱口杯裡的！現在杯子卻好整以暇的倒過來，放在鏡子前面。

毛巾跟浴巾的位置被換過了，而且全部掛得整整齊齊，仔細瞧連一點點皺褶都沒有。

簡單來說，浴室變得非常整齊，但根本都不是我們原本的樣子！

「我沒有動啊！」我趕緊先撇清關係，「我無緣無故幹嘛弄成這樣？」

我一個小時前才打工回來，我回來時好像也沒有進浴室啊！

「可是……我一進來就這樣了啊！」玉亭不安的說著，我嗅到她恐懼的氣息，「該不會是……」

「小偷嗎？」我跟著嚥了口口水，不安的看向了她。

玉亭嘴巴微張，退到門外去，緊抱著胸口的那包衛生紙，好像不是她想聽的答案。

「我看我跟房東說一下，我們得加鎖！妳去外面看一下，東西有沒有被偷！」

我該死的個性又來了，看見玉亭緊張，我就會興起保護她的欲望，「我來把這間浴室搞定！」

玉亭聞言便出去檢查，我則把所有的東西恢復原狀。

「不知道哪種神經病小偷，幹嘛動人家的浴室啊？齁，有沒有搞錯，我們的毛巾還對線耶，對得有夠整齊……」我故意隨便弄亂毛巾跟浴巾，「這小偷有潔癖嗎？」

匡啷——我剛立好的漱口杯就這麼掉了下來，摔進洗手台裡，嚇了我一跳！

我尖叫一聲，回頭看那只打滾中的藍色漱口杯，還有飛出來的牙刷，玉亭就站在門口瞪著眼睛看向我，我立刻端出笑容，拍拍胸脯。

「沒事沒事！風大而已！」我把杯子撿起來放好，踮起腳尖把蓮蓬頭邊的窗戶關好。

「怎麼樣？有東西丟掉嗎？」我看向玉亭。

她搖了搖頭，神色越來越難看，臉色也趨於蒼白。

「那還真是遇到變態的小偷耶，特地來搞我們浴室？喲……搞不好是性變態！我去看我內褲有沒有被偷！」我全身起雞皮疙瘩，搓了搓手臂，「別擔心，小美學姊有兩下子的，加個鎖就沒事了！要是真給我遇到，我就讓他生不如死！」

我掠過玉亭要去陽台檢查我的內褲是否安然無恙，玉亭卻突然拉住了我的手。

「小美學姊……妳真的覺得是小偷嗎？」她一副欲言又止的模樣，我看得出她眼底閃爍的恐懼。

「妳不認為嗎？」我冷靜下來，試圖安撫她，「其實……我也不認為。」

「真的嗎？因為這太奇怪了，我今天去買衛生紙時，就有人跟我說這條巷子很怪……我覺得一定是——」玉亭突然激動起來，一臉快哭出來的模樣，

「內衣變態。」我斬釘截鐵的回答她，「一定是內衣變態！」

「咦？」玉亭突然睜圓了眼，有點不解的看著我。

「我練過一點防身術，我等一下去跟房東借一些傢伙，誰敢再來，我就扁給他死！」我高傲的抬起頭，開始折起手指來了，「別怕喔！」

我期待這能給予玉亭信心，結果是我想太多。

我走到陽台，檢視衣物都沒短少，我越來越搞不懂現在的內衣變態是在幹什麼，晾在那邊的內衣也不要？難道是我買的款式不夠性感嗎？

「小美學姊……妳都沒有感覺到嗎？」玉亭突然又卡在陽台的玻璃門邊，狐疑的看著我。

「感覺到什麼？」我不懂她的意思，定定的看著她。

玉亭沒再說話，她眉頭深鎖。從那天開始，她就不安的看著我、看著房間、看著這棟公寓的每個角落。

我一點都沒有留意到，一直到幾天後的晚上，我才知道——她八字不是三兩二，是該死的二兩三！

幹！

我怎麼這麼倒楣！

第二章・偷窺者

這兩天我發現，不管我再怎麼晚回家，玉亭都不在。每次都要我打電話去關心她在哪裡，或是再晚一點時，她會打回來問我在不在，然後才會回來。

「小美學姊，我要去洗澡囉！」玉亭抱著衣物，站到我旁邊來。

「嗯嗯，妳先去洗！我還在忙。」事實上我在聊 MSN，沒空。

「那妳……要幫我注意一下喔！十五分鐘內如果我沒出來，要記得去敲門喔！」玉亭搖了搖我，讓我分心能聽進她的話，「隨時留意一下我，好嗎？」

我停下打字的動作，玉亭這番話讓我覺得非常奇怪，尤其我在兩年前，也曾經遇過類似的狀況；常常用詭異的眼神，看向我四周或背後的小珍同學，有一次也這樣跟我說。

她要上廁所，卻要求我站在該間廁所門口等她。

「妳……身體不舒服嗎？會洗到一半暈倒嗎？」不過玉亭怎麼樣都不像小珍那種類型，我不該疑心的。

「也不是啦，妳一定要注意就是了！」玉亭這兩天迅速的瘦下去，一雙眼總是不安的打量著四周，跟防小偷似的緊張。

我跟她說好，開始覺得這個可愛的學妹好像有點怪怪的，自從浴室的調包事件後她就整天疑神疑鬼的，我當然能瞭解那種不安感，雖然東西都沒被偷，但還是會不舒服，所以我不是加了鎖、又去借了兩根竹竿嗎？

我就睡在陽台邊，要是晚上有人敢潛進陽台裡，那兩大扇落地門就會曝露他的行蹤，等著被我K死吧！

她這麼神經質我倒很意外，我當然也介意，只是不像她那麼時時刻刻罷了。

我跟同學繼續聊MSN，大家都知道，一面對電腦，很快地什麼事都會忘記！我愉快的聊著，世界彷彿只剩下我一個人，玉亭學妹一下子就被我拋諸腦後，忘得一乾二淨。

時間過了多久我沒留意，我也忘記她在洗澡這件事，只顧著在響個不停的訊息中打字。

突然間，一堆人同時 call 我，短音節奏響得此起彼落！

『小美！浴室！』

『小美！快去浴室！』

『小美！去看浴室！』

『小美！進去！快點進去浴室！』

咦？！我嚇得立刻跳起來，看著電腦螢幕一個接著一個跳出的對話視窗，全是不認識的人、他們的暱稱與 ID 甚至是空白的，但是打出來的字全都一樣！

浴室？浴……我往一邊的小叮噹鬧鐘瞥過去，天哪，玉亭已經進去超過半小時了！

「好了！不要再響了！」我氣急敗壞的對著電腦喊，轉身抄起牆邊的竹竿，就直直衝往浴室。「玉亭！玉亭！妳聽得見嗎！妳洗太久了！」

「……」裡面突然傳來低泣聲，嚶嚶的迴盪著，「小……美……學姊……」

「玉亭！」沒有猶豫的，我啪的撞開門，手持標準刺槍姿勢，準備給該死的混蛋一擊！

結果？浴室裡根本沒有人，只有裡頭中間圍起來的簾子裡，站了玉亭。

「玉亭？」我狐疑的站在簾子邊，簾子下露出的那雙小腿正不停的顫抖，「我掀開簾子囉！」

我伸手一抓，唰的把簾子掀開。

玉亭雙手抱胸，整個人全身濕透，臉色發青的渾身顫抖，她看著我，浮現出一臉恐懼，還有滿臉的淚水。

「妳怎麼了？」我被她的臉色嚇到了，抓過浴巾圍住她，「妳怎麼洗澡會洗到哭？」

抬首望向氣窗，這麼高又這麼小，應該也不會有人爬進來啊？那玉亭為什麼會嚇成這樣，臉色發青不說，嘴唇也發紫，全身還抖個不停？

玉亭沒有回答我，她一逕的哭著，我只好緊抱著她，將她攙扶到床上坐下，還迅速的泡了杯熱可可，讓她安定心神。

我到電腦邊拿可可包時，剛剛那幾十個跳出的視窗已經消失，我的電腦根本已經重開機！好樣的，我上星期才重灌好，現在又給我出問題，還自動重開機咧！

「來，喝杯熱可可，這可以讓妳舒服一點喔！」我掛著笑容，把可可遞給玉亭。

她聽話接過，啜泣聲卻持續不止，問她半天她也不回答我，我不知道該怎麼辦，但也不想面對面繼續發呆。

「我先去洗澡，我出來後妳再跟我說好不好？」我跟她打商量，希望她能用這段時間平復一下。

玉亭突然間瞪大了眼睛，倏地抓住我的手腕，一臉驚恐的模樣，然後拚命搖著頭，像是要阻止我去洗澡一般。

到底發生了什麼事？她這麼需要人陪？我心疼的看著消沉的她，趕緊去拿我床邊的維尼熊，讓她緊緊抱著。

「這隻熊有靈性的，抱著它妳會很舒服！」我把熊硬塞給她，「先讓小熊陪妳，等一下我洗完澡再出來陪妳！」

「不是的！學姊！我不是需要……」喔喔，謝天謝地，終於說話了！「咦？這個……是什麼？」

玉亭指著小熊的頸子間，一條纏繞了好幾圈的紅色繩子以及上頭繫著的符包，紅符包折成菱形，上頭還蓋了「萬應宮」三個字。

「這是學長……就是我男朋友的熊娃娃啊，上頭這個是他們家的飾品，加持過的，可以趨吉避凶喔！」

「真、真的嗎？」說也奇怪，玉亭突然將小熊娃娃抱了個死緊。

「真的啊，加持的是萬應宮最強的阿蓮大師，百分之百沒問題！」我把頸子間一堆符包拿出來，「我這些都是她給的！」

「哇……小美學姊，妳怎麼掛那麼多……」玉亭顯得有點詫異。大概因為我這個人跟符包連不大起來。

「我男朋友家就是開廟的啊，我兩年前住宿舍時，出過一件事，後來他們家的最強傳人就給了我許多護身符。」雖然阿蓮那死小鬼一直認為這些東西是多餘的……

「反正掛著很輕，沒差啦！」

「1501？」下一秒，玉亭準確的說出我去年住的宿舍房號。

我怔了住，呆呆的看向她，她尷尬的一笑，直說這真是緣分；她竟然是另一位倖存的學妹，Eva的高中好友，自然對兩年前宿舍的慘劇一清二楚。

我盡可能不提兩年前的事情，因為死去了兩位學妹，小珍還一度成為我的守護靈，我永遠無法忘卻那樣的情景：阿蓮指著我身邊的空氣，說我多了一個守護靈的那一剎那，我全身寒氣上冒，因為那代表著小珍學妹的去世。

氣氛凝結了，我露出一抹苦笑，就往浴室走去，兩年前的事依舊存在於我心底，僅認識一天卻讓我無法忘記的小珍，膽小如鼠卻冒死保護我的Kitty，這兩個人我都永銘於心！

將簾子沿著圓形軌道拉起，我開始淋浴，洗個熱水澡後，我心情就會好一些！

咻！有個東西，突然飛掠過去！

我正努力洗著我的腳丫子，感覺有個東西從我附近迅速跑過去，雖然只是眼尾餘光，但是我卻覺得我沒有看走眼！

那影子很淺但是範圍不小，不要告訴我有那麼大隻的小強，我會嚇死！

不過，眼不見為淨！我覺得那可能是隻老鼠，我對老鼠也沒什麼好感，說不定牠只是下班路過要回家，我還是不要拉開簾子，嚇到彼此的好！

閉上眼睛，我讓蓮蓬頭的水沖著臉，再背過來沖頭髮，抹去臉上多餘的水，我半睜開眼，卻覺得好像有什麼東西一直擋在米白色的簾子外頭，形成陰影。

我開始東看看、西瞧瞧，好像在我每一個轉身的瞬間，都有東西在外頭跑來跑去！

奇怪咧！是我眼花還是眼睛有問題啊，怎麼老覺得有陰影？可是每次定神一瞧卻什麼都沒有，我該不會今天paper看太多了吧……不行，等一下要點一下我的樂敦眼藥水、再按個摩，休息一下。

我最後一次沖髮，轉了個一百八十度，向著洗臉台的位置——這一次，有個與我一般高的人影擋在我面前、就站在簾子外頭！

我百分之百確定有個人站在洗手台邊，我的面前。

哇靠！我承認我有被嚇到，但是沒到失聲尖叫的地步，我只是顫了一下肩膀，然後低頭看下簾子與地板的空間，清清楚楚的看見打著赤腳的王玉亭。

哇靠！這女孩有夠大膽，雖然我個性粗魯，雖然我們都是女生，雖然有簾子圍住，但是在我洗澡時大刺刺進來洗手或刷牙，我還是會害羞好不好？

我暫時不想說什麼，持續沖我的頭，再轉一圈過來時，玉亭還是站在外面，可是卻完全沒有刷牙或是其他動作。

她就這麼直挺挺的站在我面前，甚至是面對著我，然後緩緩的動了。

她的頭往下移動，腰彎了下來，映在簾子上的陰影開始向下……向下，彷彿要把頭鑽進簾子下的空隙裡——有沒有那麼變態啊！

「喂！不要太過分喔！」我低聲警告著，我可不想鬧到用蓮蓬頭沖她的臉！

簾子前的影子停了，她重新直起身子，我不大高興的再背向她把黏在臉上的濕髮沖開，最後關上水龍頭，把手伸出簾子外，抓過我左方的浴巾。

「我說妳——」我一包住身體，咻的就掀開簾子，準備唸人，「欸？」

沒人，整間浴室除了我之外是空蕩蕩的。

玉亭早就已經出去了！雖然她出去了，我還是得跟她說一聲，要是哪天我洗完拉開簾子剛好看見她在如廁，我會害羞；或是我沒包浴巾拉開簾子被看光光，我也會害羞，OK？

我走出浴室，看見玉亭坐在床上、抱著熊娃娃，拿著熱可可，一臉詭異……好像還有點期待似的看著我。

「玉亭，有件事我想跟妳溝通一下！」我坐上巧拼地板，看著她，「我洗澡時不喜歡有人進來，OK？那很尷尬耶！」

玉亭面無表情，但是一雙眼卻盯著我不放，然後幽幽開口，「我沒有進去。」

這下我可錯愕了，我沒有要責怪誰，但是為什麼她要否認呢？我有點不高興，先拿毛巾用力擦著頭髮，想著要怎麼解決！

「我真的沒進去。」玉亭又補充了一句。

「玉亭，我只是想跟妳說清楚，不是要罵妳……」還否認，我越來越不爽了。

「我看到的是一堆人！全部站在簾子外面！」下一刻，她尖聲嘶吼起來，恐懼無比的尖叫著，「我嚇得不敢動彈，我一直在等妳進來！」

——咦？我的火氣全消，反而非常錯愕，玉亭突然歇斯底里，她的眼淚迸了出來，彷彿被嚇壞一樣的緊抱著小熊不放。

「一堆人？」我怎麼好像有神經無法接觸到現實。

「一堆人！一開始只看到影子掠過，後來那個影子越來越近、越來越近，直到站在我的簾子面前！」玉亭持續激動，泣不成聲的吼著說話，「然後人影從四面八方過來，越來越多，他們甚至近到一伸手就可以碰到我！我動也不敢動，我不敢掀開簾子，我希望妳可以發現，我一直等一直等……」

我腦袋一片空白。相對於玉亭的情緒高漲，說話跟連珠炮似，我反而像斷了神經一樣，整個人鬆懈下來！

垂下雙肩，我仔細咀嚼著玉亭剛剛說的話，她形容的場景，以及我剛剛在浴室裡遇上的狀況。

「剛剛那個……不是妳？」我指了指浴室。

玉亭用力的、拚了命的還含著淚的搖頭，我看見她右手五根指頭緊揪著小熊娃娃的皮，顫抖沒有停過。

我不是笨蛋，就算本來是，在遭遇過兩年前的厲鬼索命後，我也算有點概念了。

「妳八字多少？」我沉下臉色，再問了一次。

「……」玉亭再度一臉恐懼，這一次是針對我，「二、二兩三……」

「二兩三！二兩三？！」我咆哮著，立刻從地上跳了起來，「妳不是跟我說三兩二嗎？妳現在說二兩三！」

「我、我家境不好，也希望能省則省啊！我只是八字輕，有點敏感罷了，我、我也沒有陰陽眼！」玉亭一臉被我嚇到的樣子，拚命往後面的牆邊退，「而且跟小美學姊在一起就沒有什麼感覺……」

停！我伸長右手，五指併攏、掌心朝向她，示意她不要再講了！

我室友條件列一堆、最最最在乎的就是這一點：八字的輕重！現在三兩二怎麼顛倒過來，變成二兩三了呢！翻開農民曆，八字是從二兩一開始排耶……我的媽啊！

我很氣憤、頭也很痛，我其實氣得想大吼大叫，可是看見一臉慘白、又全身抖個不停的玉亭，我就知道我不能這麼做！

「好吧！」我無力的開始指向我身後，「左邊？右邊？上面？下面？」

「嗯？」玉亭不解的看著我比來比去的手指。

「哪邊有鬼？妳可以不必說，用眼神我就知道了！我很有經驗！」話剛講完，我立刻就推翻，「算了！妳還是別亂看！我拜託妳，就算看到什麼，也不要越過我，用那種詭異的眼神看我！」

「我什麼都沒看見啊……」玉亭好無辜的蹙著眉，噘起了嘴。

「妳沒看見？」我東張西望一圈，其實我根本不可能看得見，「我說這間屋子喔！我後面或是坐在我旁邊？」

「小美學姊！妳不要嚇我！」她嗚咽一聲，怎麼變成我嚇到她了！

哎呀，這算是不幸中的大幸啊！玉亭雖然八字輕，可是不是那種動不動就看得到的體質，學長跟我說過，八字只是依據的一種，另外一種是磁場或波長相符的才看得到！

我鬆了一口氣，至少那種不舒服的看人法不會上演，我心裡輕鬆許多！

「好！怪妳也沒用了，房子租都租了……天哪，我還真倒楣！」我咕噥起來，看了眼這間十坪大的天堂，「難道這間屋子發生過什麼事嗎？喔！玉亭，妳該不會也拿走什麼東西吧？項鍊啦、戒指啦，舉凡看起來像定情之物的東西？」

宿舍的厲鬼學姊就是因為定情之物被拿走才抓狂的，永遠不要挑戰女人的理智，這是我在那次事件中學到的事。

「沒有……這裡什麼都沒有啊！」玉亭不安的往浴室瞥去，「小美學姊，妳只看到一個人影，我看到很多人耶！」

很多人？膽大如我，也覺得有些不舒服，平常一間屋子出過事，頂多就一兩個，了不起三、四個，去哪裡會有很多個？

「我不知道……可是我感受不到惡意！嘖，我感受的也不準，妳呢？妳不是說一堆人圍著妳，但沒有人傷害妳對吧？」

玉亭點了點頭，雖然她認為這不是傷害不傷害的問題。

我們面對面坐著，隔著一條無形的走道，那條走道通往浴室，我往浴室看去，裡面是漆黑的，但還是可以看得見馬桶。

我不清楚存在於這間房間的靈是哪裡來的，有可能是路過、也有可能是跑錯地方，但我不認為我或玉亭有做到什麼冒犯到它們的事情；因為玉亭好端端的，並沒有被傷害，甚至也沒被上身。

只是站著，做什麼呢？而且氣場如我這般強大的人，都可以看見一隻亡靈了，這又代表什麼意義？

嘖，真煩，兩年前我為了查清楚宿舍的紅衣學姊是怎麼死的而奔波，兩年後我又即將為這間屋子過去發生過什麼事而忙碌！！

「你們別太超過喔！大家井水不犯河水，相安無事喔！」我沒好氣的對著浴室說話，「我不想再搞這種亂七八糟的事了！」

玉亭瞪大了眼睛看著我，她大概沒想過我會這樣直接對所謂的亡靈講話，而且口氣保證沒有很好。我喜歡有話直說，包括這些我看不見、感受不到，但是又存在的東西。

我現在只煩惱要是讓學長知道這件事，我鐵定被罵到臭頭！

「好了，很晚了。我們該睡覺了！」我回過身，想找吹風機。

忽然砰的一聲巨響，浴室的門狠狠的關上！

「哇呀——」玉亭跟我同時尖叫出聲，嚇了個魂飛魄散！

我差點沒跌回地板，那聲音大到我的耳朵還嗡嗡作響，心臟差點被嚇到跳出來。

「嗚嗚……對不起！對不起！」玉亭開始道歉。

「道什麼歉！我們又沒錯！」我氣急敗壞的直接衝向浴室，把門踹開，「囂張什麼，現在這裡是我的家，你們搞清楚——」

「小美學姊！」後頭傳來恐懼的驚呼，我根本沒心情理。

「喧賓奪主嘛！搞什麼東西！」我超不爽的在浴室門口喊，我也很想哭啊！好不容易租到的天堂套房竟然又是個有阿飄的地方，而且這次數量還不是一！是「一堆」！

我真的委屈到想哭，我走回電腦前，想到剛剛爆增的對話視窗。

「媽。」我喚了聲，「是妳嗎？」

電腦沒回應，玉亭則瞪著我背影瞧，活像在看神經病！

我決定把壓箱寶拿出來，那是學長給我的盒子，裡面有各式符咒還有普級版護身符，我拿兩個給玉亭戴，其他的還派不上用場。

學長說過，有時候亡靈只是路過，或者與你擦身而過，不一定是要害人，因此在情況未明前，我沒必要對他們怎麼樣。

我叫玉亭過來跟我擠一張床，一來是因為我所有的娃娃都戴有加持過的流行符包飾品，二來是因為我八字重，氣場強，加上有九個守護靈在身邊，多少可以保護她。

最重要的當然還有，我貼在床邊的符咒。

「小美學姊，這符咒是什麼？妳該不會一搬來就知道……」

「這是阿蓮的娃娃神咒。安神用的，貼這個很好睡！我們之前可以在厲鬼學姊環伺下睡得香甜，就靠這個！」我活像第四台賣東西的，「我後來跟阿蓮要了十幾張，超好睡！」

「阿蓮……是個很厲害的法師嗎？」玉亭揪緊被子，喃喃問著。

「很……很厲害啦！講出來妳會暈倒！還是別提了。」我再次巡邏門窗有無關緊，順道又進浴室示個威，很奇怪，剛剛吼完之後，倒真的沒什麼事發生。

「小美學姊，可不可以留盞燈？」夜真的深了，連玉亭的細語聽起來都有點陰沉。

「玉亭，它們真的要出來，也會把妳這盞燈弄熄的……好好！別哭，我留！」我在幹嘛，何必把她搞到神經緊繃來嚇我？

我在陽台旁邊的地板插頭留了盞夜燈，讓玉亭先睡，我相信娃娃神咒的魔力，真的很快就會入眠，完全不會有失眠或是胡思亂想的機會。

倒是我，有燈我睡不著，我打算等玉亭睡死之後再把燈關掉。

有人說，歷經一次撞鬼經驗的人，會疑神疑鬼、會怕黑，但是就我這個不但碰上厲鬼，還差點死掉的人來說，這些理論都不成立。

我不需要疑神疑鬼，我什麼都感受不到，天再黑我也不怕，因為黑暗裡什麼都沒有，就算有，也根本不敢近我的身。

不過……剛剛簾子前那雙腳的主人，離我其實倒是滿近的。

我坐在書桌邊看著玉亭進入夢鄉，然後看著馬桶，我在想，要是現在浴室的門又給我關上，嚇到我又嚇醒玉亭的話，我一定叫阿蓮把它們整死！

確定玉亭睡熟後，我躡手躡腳的來到陽台邊的地板上，想把插在上頭的小夜燈拔掉。

就在我拔掉的那一剎那，一排黑壓壓的影子遮去了窗外應透進來的光亮——我看見了玉亭口中的一大堆人！

屋子裡一片漆黑，落地窗的陽台在巷子中那唯一的路燈照耀下，顯得格外明亮。

但是在我的陽台上，聚集了滿滿的——

黑壓壓的人影簇擁著，或高或矮、有胖有瘦，有男有女，那些人擁擠著站在陽台上，還不時因為空間過小而移動著彼此的身軀。

而外面的「它們」，是面對著我的。

「它們」面對著屋子裡，一個個人影交疊，全部正對著我的房間！

我倒抽了一口氣，屏住呼吸，跟學長也交往兩年多了，我不可能不會基本應對之道，我默不作聲，緩緩的站起身來。

我的目的就是希望外頭的人看見我，讓它們感受到我這個人，站在裡面也看著它們。

啪！一隻手貼上了玻璃門，有顆頭意圖貼上門，想看清楚我……或是這間房子。緊接著玻璃門持續震動，一顆顆頭開始往前簇擁，我只感覺到玻璃門快被推倒了！

想都別想！我倏地伸出我的右手掌，氣聚於掌內，用力往外一推，輕擊上玻璃門！

就一瞬間，所有人影煙消雲散。

學長說過，人的氣是很強的，加上我本身有很強的陽氣與磁場，我就是一個可以對付那些阿飄的武器。

我不想把房間搞得跟廟一樣，但是我還是拿出一張符咒貼上玻璃門，以防萬一。

我不懂那一大票阿飄究竟想幹什麼，為什麼彷彿在窺伺著我們？

我不耐煩的鑽進被子裡，決定有什麼事明天再說！明天就得把事情解決掉！

在我沉睡前，我腦子裡一直在想——我這輩子是不是不適合租房子啊？

第三章・樓友們

隔天一早，我在尖叫聲中醒來，玉亭直直衝到我床邊，又哭又叫的搖醒我；我睡眼惺忪的看著她，然後被她拖往浴室去。

其實也沒有什麼，只是我們的浴室擺設再度依照顏色擺放得「整齊劃一」！

「啊……」我伸了伸懶腰，打了個哈欠，「沒關係啦，還可以用，我先來刷牙洗臉好了！」

「小美學姊？」玉亭連浴室都不敢踏進來。

「可能是個有潔癖或媽媽型的飄，看不慣我們這麼做。」我逕自刷起牙來，「等一下跟它們說說就好了！」

「說說！？天哪！小美學姊，妳膽子怎麼那麼大！」

膽子大？我天生膽子就這麼大啊，我有什麼辦法？而且經過學長兩年的薰陶，這種模式可以說是見怪不怪了！看不見的我，和看得見的學長住在一起，會發生什麼事可想而知。

學長很疼我，他不會讓我知道我旁邊有什麼、屋子裡有什麼，他都自己解決掉，也曾經教過我一些基本常識，例如對死者要心存敬意、要嘗試溝通、不要犯忌等等。

我最擅長的就是溝通，這個太容易了。

「這是我們家、我們的浴室，我們愛怎麼擺就怎麼擺，麻煩你不要再隨便亂動我們浴室裡的東西了。」我洗好臉時，在浴室裡說著，「要不然就對你不客氣喔！」

我沒有忘記劃上禮貌性的微笑，盥洗完後我心情一向很好，愉悅的走出浴室。

「小美學姊，妳剛剛那是……溝通？」

「對啊，換妳了，記得宣示一下主權。」我拍拍她，準備開始著手調查事情。

「我怎麼覺得那像威脅啊？」她眉頭揪成一團，心驚膽顫的進去梳洗。

看她那個樣子，我還是別把陽台上那一堆偷窺狂的事告訴她好了！有時我會思考，如果今天跟我合住的人，跟我一樣是八字重又不敏感的人，是不是很多事都不會發生？

我不會知道有什麼東西在我們洗澡時飄來飄去，也不會知道陽台邊聚集了一堆東西。

可是這種理論如果成立的話，就變成東西好像是玉亭帶過來的？哎，我的腦子實在不喜歡思考這麼多有的沒的，我還是踏實點，先向該死的房東伯問清楚再說！

我們房內有一支普通電話，房東伯在上面貼了他的電話號碼，還有這支電話的號碼；這年頭沒什麼人在用室內電話聯絡了，人人手中兩三支手機，我男友又在當兵，根本都用手機聯絡。

不過還是用市話好，不然費用會貴到嚇死人。

電話打了好幾通，全都有通但沒人接，好像不在的樣子，我無能為力，只好先把房東擱在一邊。

「怎麼了？不在嗎？」玉亭換上衣服，有些擔憂。

「嗯，沒人接，我想想還有誰會知道房子的事。」我下意識往陽台那兒看去，想起昨晚那個陣仗。

「小美學姊，妳覺得啊……其他人會不會知道？」

「其他人？」

「就是住在這一棟，或是這一層的人啊！他們不知道有沒有發生跟我們一樣的狀況？」玉亭實在太冰雪聰明了，立刻想到聯合陣線！

對啊，我們才剛搬來，這一層還有五戶，多多少少應該有發生過奇怪的事吧？再不然也可能知道這棟房子或是這間房間之前發生過啥事！我們還可以聯合起來，跟房東討公道！

決定之後，我們就決定利用時間，去拜訪其他五位鄰居。

這層樓的格局十分特別，屬於橫式長方形，出入的樓梯靠右方，所以一上樓，我們這間「角落間」就位在右手邊，十坪大小，再無任何房間緊鄰著我們。

而其他五間房間，位在樓梯上來的左方，像平常的雅房一樣，也有一條細細的走廊；以走廊為中線，左二右二，走廊底還有一間房，總共五間，而這條走廊剛好跟我們的房門呈一直線。

簡單來說，就是個橫置的「⊥」形，我在想，十坪大的套房都這麼便宜了，不知道那幾間雅房一學期多少錢齁？

走出房門外，這層樓就顯得不是那麼光亮，雖然有窗戶，但總覺得光線透不進來，設計不良，多有死角，大白天的還得靠天花板的日光燈照明，偏偏這日光燈也不是很亮，該找房東來換了！

我們從右邊第一間開始敲門，叩了半天，完全沒有人聲，然後我換第二間、最底的第三間、左邊的第四間，一直到最後一間，我都巡迴一圈了，還是沒人應門。

早上七點，敢情這批人都有晨跑的習慣嗎？我有些失望，這時，突然發現到有一點不大正常的地方。

一般來說，住在外頭，房門外不是擺鞋架就是會有一堆的鞋子，很少人會把鞋子拎進房裡熏死自己，可是這五個住戶倒是特別，外頭一雙鞋子都沒有，乾乾淨淨！

我低首瞧著，乾淨到只剩我的腳印……我的腳印？我抬起腳來看，地上真的有我的鞋印耶！這裡灰塵怎麼會這麼厚，厚到可以留下我的腳印？

「這裡沒人住吧？」我向左轉過頭去，看著先往前走，回到我們房門口的玉亭，「這根本沒人掃過，這一層樓只有我們住喔！」

咿——

一個熟悉的聲音傳來，很像木門的拉曳聲。

我還沒有回頭，就發現玉亭站在原地，有些僵硬，直直看著我！

她恐懼的睜大雙眼，蹙起眉頭，一臉快哭出來的模樣，看著我……我身後的那塊區域，那五間房間。

咿——

這好像是左邊後頭那間房開門的聲音。

咿——咿——咿——

陸陸續續，我聽見了五個開門聲，不但一清二楚，我還能輕楚的辨別這五扇門開啟的順序，在我身後，一扇接著一扇，悄悄的開了門縫，那是短短的開門聲。

玉亭、我、我身後的走廊，及底間房間連成了一直線，玉亭的淚滑了下來，她的臉色發青，全身發抖，一直越過我看著我身後。

我對這眼神再熟悉不過了！玉亭絕不是看著我身後周邊的空氣，而是看著存在於我身後的鬼！

當年的室友小珍，因為她是陰陽眼，所以看到鬼魂時都會採取沉默；但玉亭是個不常看到鬼魂的女生，膽子也不大，一旦看到，會表現出最真實的一面。

我知道我身後的五道門開了，而且有著不屬於人的東西在看著我，我深吸了一口氣，平靜的看著玉亭。

我不必擔心後頭這窺視我的東西，因為它們近不了我的身！

我希望我堅定的眼神與態度能夠說服玉亭不要擔心，但是她持續哭喪著臉，而且忽然眼神飄向右前方，露出一臉驚恐！

我不明所以，即使我跟著她的眼神看去，我也無法見她所見！

我只能在完全無預警之下，迅速的轉過身去，視線第一個就對上底間的房間。

果然什麼都沒有，在我眼裡一樣是五扇緊閉的房門，我見不到門的開啟，但是卻聽見了！我見不到門邊窺視的東西，但是我知道它們是存在的！

風不知道自哪裡悄悄穿過，從每一扇門底下掠過，刮起厚厚的灰塵。

「少作怪！」我環視著每一間房間，「你們要幹什麼！」

這些看不見的東西沒回答我，但是後頭的沉默卻突然讓我不安，玉亭太過安靜，而且後頭有股強大的壓力逼近。

那是以前我被厲鬼學姊攻擊時才感受得到的壓力！

所以我沒等那些東西的回應，立刻回首，衝向完全動彈不得的玉亭！

她已經淚流滿面，臉色白得像一張紙，眼睛瞄向她的右方，像是嘗試著要往後看一下。

普通護身符果然不行，還是應該找阿蓮用玉亭的生辰八字配一張才是！

「我們走！」我用力握住她的手腕，就在同一瞬間，她身子軟了下來。

我趕緊攙扶住她，玉亭就倒在我懷裡，她已經可以動了，但是開始嚎啕大哭，而且哭得泣不成聲。

她一定看到了什麼很可怕的東西，才會嚇成這樣，而且有什麼制住她的行動，連聲音也被封住。

「別哭，我們下樓去！」我試著安撫她，我希望我們能立刻離開這裡。

「好可怕……好可怕……」她拚命顫抖著，「小美學姊，這裡有好多好多……」

天花板唯一的日光燈突然啪噠啪噠的閃爍，整個空間裡充滿了詭譎的氣氛，我緊抱住玉亭，我有保護她的自信。

「走開！」我直直瞪著面前那片在日光燈閃爍下的走廊，「滾開！全部給我滾開！」

日光燈突然穩定下來，不再閃爍，我緊繃著身子，將玉亭攙起來，準備往樓下走去。

叩——叩——叩——叩——叩——

五道輕柔的關門聲依序傳來，它們關上了門，一樣讓我聽得清清楚楚。

我現在知道了，這一層樓不只我們住，另外五間都有住戶，只是住戶全部不是人，而且是不是只有一個，還令人存疑。

而且我想整層樓應該正如我昨晚看到的，有一大堆人存在著！

外頭陽光燦爛，實在很難想像剛剛樓上的陰森，玉亭幾乎是跪在地上繼續痛哭失聲，她嗚咽的聲音不止，連我也不知道該怎麼辦。

我並不想知道開門的樓友是怎樣的人，可是因為實在看不見，有需要玉亭解釋的必要；可是一旦要她說，不知道會不會讓她受到二次傷害啊？

我把玩著手機，總覺得發生了這種事情，好像應該讓學長知道，要不然……再下去我也不知道該如何應付。

「好可怕……密密麻麻的都是人！」玉亭突然抬起頭來看著我，「而且每一個都很陰邪，它們都翻白了眼瞪著我們！」

「瞪著我們？」莫名其妙，我沒生氣它們氣什麼啊？

「嗯，而且那五間房間都有……都有東西在，我看不見它們的樣子，可是我看見它們扳在門上的手，那是、那是腐爛的手……」玉亭說著，突然乾嘔了一下才繼續哽咽，「它們的眼睛是金色的，每雙眼睛都在發光！盯著妳的背影不放！」

「呿！敲門時不應門，等我走了才在後面偷窺，沒禮貌！」我抬首望向四樓窗戶，這次的鬼全是偷窺狂！「它們到底在那邊存在多久了？看我幹什麼啊？有本事就上前來把話說清楚！」

「有啊！有人……有人從我身後朝妳衝過去！」說到這裡，她激動的哭喊起來。真的假的？衝過來是什麼意思？想幹架嗎？這些鬼還真是不客氣耶，從偷窺狂開始，沒一處懂禮貌的，我才不信它們是路過的咧！

「不過還沒靠近妳，就被彈開了……」玉亭咬了咬唇，認真的看著我，「小美學姊，它們都不敢靠近妳。」

「那當然。」我可是很自豪這一點啊，我有愛我的親人們守護著，「我有九個守護靈呢！嘿嘿！」

「哇……好厲害喔！」

「那可不！有它們在，加上阿蓮的護身符……啊！」我想到早該做的事，「我得快打給學長！」

「妳男朋友？」玉亭帶著點期待，「妳男朋友也很多守護靈嗎？來這裡可以鎮壓它們嗎？」

「他在當兵，不過他是很厲害沒錯！」我打開手機，試著撥撥看他現在能不能接電話。

開頭要怎麼說？從我租了十坪天堂開始嗎？還是從浴室被調換東西開始說？洗澡時掠過的黑影？圍上的一大堆鬼？

不管我怎麼說，我覺得我有被罵到臭頭的危機。

電話沒人接，我竟然鬆了一口氣。

我帶著玉亭先去吃早餐，把剛剛被嚇光的元氣補回來，然後我們討論接下來該怎麼辦；先去找房東，按門鈴一樣還是沒人在，在附近晃半天也沒看到個路人甲，玉亭哭著說她不敢回去了，我也不好勉強她。

讓她收拾東西去同學家住，她也不敢一個人回房，偏偏我打工時間到了，實在沒辦法陪她回去。

我也不放心，大白天的那些傢伙都敢出現了，玉亭一個人回去只怕會出事。

「晚上八點，我們就約在巷子口。」我們敲定了時間，「站在亮一點的地方，一起回去。」

「嗯！」還在啜泣著的玉亭用力點了頭。「小美學姊，妳真的跟 Eva 講的一樣耶，跟妳在一起會很安心！」

「Eva 這麼說嗎？嘿嘿嘿……」我不好意思的笑了起來，「沒有啦，我只是比較習慣保護人！」

「而且 Eva 還說學姊天不怕地不怕，膽子很大！」

麥阿揑共！麥阿揑共！麥阿揑共！我害羞起來。

「雖然有點白目，可是卻正義感十足，跟小美學姊在一起，一定沒問題！」

「呵……等等！什麼叫我很白目？」Eva 那傢伙怎麼這麼形容我啊？

「呃，沒有啦！她是說有時候大家嚇得要死，妳卻會去跟厲鬼單挑……這個我昨晚算是見識到了。」玉亭指的應該是我氣急敗壞去踹門的那一幕。

「這不是白目，這是因為我天生有優勢，加上對那些傢伙本來就不能太客氣！」我搖搖食指，來個機會教育，「今天這裡是妳的地盤，就不能讓它們太囂張，管它們是死是活，主權就是妳的，不能讓它們逾越！」

玉亭張大了眼睛，眨了好幾下眼，有些詫異的看著我，然後陷入了若有所思的情況裡。

幹、幹嘛？我講了什麼深奧的東西嗎？這是天經地義的事啊，不是有人說去旅館時要先敲門表示「打擾！」就是跟原來的地盤主人打聲招呼，以示禮貌；這是一樣的道理，今天我租下這裡，這是我的房子了，這些人不閃就算了，連招呼也不打，還敢造次？

我是看不見什麼金光閃閃的眼睛、什麼灰色沉重的空氣，還有什麼衝過來想打架卻被我彈開的呆鬼，我只知道這是我的地方，它們休想仗著鬼多勢眾欺負人！

「綁住我的鬼，是個身上很臭的男人……」玉亭突然開口了，認真的看著我，「它說，這是它的地方，而妳是侵入者……」

咦？我瞬時瞪大了眼，聽出玉亭加重語氣的詞，「我」是侵入者？

「它還說……」玉亭遲疑了一會兒，用力嚥了口口水，「背叛者，死。」

『我——說——妳——是——白——痴——嗎？』

我把手機拿離耳朵八千里遠，免得被那頭震天價響的吼聲給震聾！

『跟妳說過多少次，便宜的房子不要租！妳哪間不挑，去挑一間便宜到見鬼的？』學長才聽我說完就怒不可遏的狂吼起來，『一學期一萬元妳還覺得是撿到了，我前腳才走妳後腳就給我捅漏子！』

「唔……我、我就覺得還好嘛！」嗚嗚，我已經夠無助了，他還那麼兇。

『妳不知道我在部隊裡也很忙嗎？這裡的亡靈多到可以組成一個師了，我昨天才解決廁所那兩隻，今天才幫三個被上身的同袍驅鬼，我每天都累到精疲力竭，妳給我搞這種飛——』學長的聲音突然頓了一下，『走開啦！沒看見我在吵架嗎？』

學長那邊的聲音突然靜了下來，後頭吵雜的聲音也頓時消失。

『對不起！對不起……』接著我聽見學長跟人家道歉，然後幾秒鐘的靜默，『都是妳啦，害我心浮氣躁，罵了隔壁床下的鬼！嚇到我們隊上了！』

「哎喲喂呀，人家也不是故意的啊！你說我多倒楣？抽宿舍遇見厲鬼，現在租房子又遇上一堆莫名其妙的傢伙……好不容易以為找到一個八字重的室友，竟然只有二兩三……」我開始裝可憐，「你什麼時候放假嘛，可不可以過來幫我看看？」

『陳、小、美……妳在裝什麼無辜！』學長說話都咬牙切齒了，『這些事情我都耳提面命過幾千次了！我跟妳說過，租房子第一件事要注意什麼！』

「……就進入那棟屋子的第一個感覺啊！我感覺很好啊，外頭那麼熱，一踏進去就有涼風吹來，溫度變低，那不是絕佳的地理位置嗎？」

『那、叫、陰、風……全世界只有妳會把慘慘陰風當作徐徐微風！』學長重重的嘆了一口氣，我知道我又讓他傷腦筋了，『妳把室友請出去就好了，她看不見妳就不會介意，也不必花時間保護她！』

「喔，那我怎麼辦？」

『妳什麼怎麼辦？妳就住妳的啊！反正妳又看不到，倒楣的是那群鬼！我下星期有假就立刻過去看妳！』

「你好無情喔！都不擔心我！」我撒起嬌來裝可愛，「而且我雖然看不見，可是我都聽得到耶！」

『……』學長沉默了，『妳……聽得到？』

「是啊，聽得超級清楚，我才轉身它們就在後面開門，後來還關門喔！」對我來說，最奇怪的就是明明知道有人開門，眼睛裡卻還是看不見門是開的，「對了！室友說有個散發著惡臭的男人制住她，而且擺明針對我喔！」

『妳怎麼知道針對妳？』

「那個男人指著我說，我是入侵者！還說我是什麼……背叛者！」

『什麼？』學長的聲音變了，變得嚴肅而緊張，『妳確定對方是這麼說的？』

「學妹說的啊。」我完整的重複玉亭聽到的話，「那個臭男人說：背叛者，死！」

電話那邊出現很長的沉默，其實我最怕的是這種情況，如果學長願意跟我有說有笑，或是繼續罵我都好，但是他這種沉默，就表示事態不尋常，而且他必須審慎的思考。

『妳這次有拿走人家什麼嗎？還是犯到什麼禁忌？』學長開始把一堆禁忌唸給我聽，我全數否認，『要不然為什麼人家會說妳是背叛者？』

「我怎麼知道！那裡我之前沒去過啊！」況且還用到背叛這兩個字，讓我覺得好誇張喔！「而且啊，我記得我進去住的話，我應該就是主子了，為什麼那些鬼還那麼囂張？說我是入侵者？」

『那表示它們不承認妳！而且覺得妳具有威脅性！』學長很鎮重的開始交代，『妳聽好，我要妳去準備一些簡單的東西祭拜，告訴它們妳要住進那間屋子裡！』

「入厝嗎？」我拿出紙筆，開始抄寫。

學長唸了一串清單給我，叫我今天晚上就做，另外還重複台南的電話給我，萬一出事要打給阿蓮或阿公！

『小美，妳一定要記得妳的優勢，善用它。萬一事情很棘手，立刻離開那裡！』學長的聲音變得很溫柔，『不要逞強，好嗎？別再讓我擔心了！』

「對不起嘛……我不是故意的！」收到學長暖暖的關心，我感到很幸福。

『我得掛了，我手機會開著，傳簡訊或打給我，我盡量接！』

「好，你小心喔！我很想你……」我看著四下無人，親暱的撒起嬌來。

『我也想妳。』他淡淡說著，然後把手機掛斷。

我依依不捨的看著手機，遠水救不了近火，這檔子事還是我自己來好了，把東西買齊，燒灶香，希望它們不要再來吵我了！

可是這個步驟只是為了「入侵者」而做的，那「背叛者」又是怎麼回事？我啥時背叛過那群偷窺狂的鬼啊？我們沒關係吧？

晚上八點，我準時出現在全家便利商店門口等玉亭，她過了一會兒才出現，看著我手上拎著的東西，我簡單的告訴她「請示」的過程，並表明她要不要祭拜完再走，至少她也是屋子一半的主人。

玉亭點了頭，她認為這法子說不定有效，因為我們少掉了知會的動作，對方才會生氣的吧？

我們攜手走進巷子裡，那唯一的、昏黃的路燈，正照耀著我們前方不知名且恐懼的道路。

第四章・祭拜

學長交代我不少東西，因為對方已經出聲警告我了，所以拜拜不能隨便！我今天沒進研究室，下班後就直接殺去家樂福買了煮好的雞、魚還有雞蛋，稱為三牲；然後再準備一些水果，一堆紙錢，一包香，回去佈陣……我是說拜拜。

我們把放電話的那張茶几搬到房門外去，玉亭嚇得直打哆嗦，她只要看見對面那條陰森森的走廊就發抖，我叫她緊跟著我，因為我比她頸子上那條護身符有用得多。

東西擺放整齊，我開始參考筆記上寫的順序，眼尾卻一直瞄著發著慘白光芒的日光燈，後悔我怎麼沒多買兩根燈管回來裝。

「小美學姊……我來好了！」玉亭突然熟練的接過我手中的香，「我家有在拜拜！」

「喔……給妳！」耶，我才在煩惱萬一步驟做錯怎麼辦咧！

「我們要先拜土地公，燒金色的紙錢，然後再拜好兄弟，燒銀色的紙錢。」玉亭簡單的跟我說明，然後把香點著，「誠心誠意的，報上我們的姓名、地址，然後請土地公保佑。」

才說完，玉亭便拿著香誠懇的拜著，我看著她肩膀緊繃的線條，其實她很害怕吧？是因為我說要拜拜才留下的，她也希望求助這樣的力量，幫助我們安定生活。

我趕緊跟著在心裡默唸：我叫陳小美，今年二十……歲數不重要，我住在某某街某某巷某某號四樓，從今天開始我跟王玉亭就住在這裡了喔，請土地公大人保佑，也麻煩把閒雜鬼等管好，大恩大德，我小美保證感激不盡。

我偷偷睜開一隻眼，玉亭把香接過，幫我插上香爐，接著我們開始燒紙錢，我買的紙錢不多，一下子就燒完了；然後又點了三枝香，這次換拜可能充斥在這個空間裡的好兄弟們。

「我也要跟它們報上名字嗎？」我不大甘願的問著。

「嗯……請它們保佑，還有打擾它們了。」玉亭說話的聲音在抖，但還是閉上眼睛虔誠的開始默唸。

我承認我不大心甘情願，但是為了未來的日子著想，我還是照上面那段重複唸了一次，當然希望大家井水不犯河水，我們只是暫住這裡，別打攪到對方就好。

風從我背後吹了過去。

閉著眼睛的我感官變得異常靈敏，我身後那陣風幾乎不算是風，像是有東西跑過或飛過所造成的空氣波動！我握著香的指頭扣得更緊，仔細的豎起耳朵聆聽，我知道這個空間出現了什麼不同。

細細的，微弱的腳步聲開始出現，在我們的四面八方，甚至是我身後、我旁邊、我們近在咫尺的樓梯上，都有著很小的沙沙聲。

空氣變得不再輕盈，我倏地睜開雙眼，天花板那盞燈果然又開始一明一滅……我真搞不懂，它們每次出現非得搞一下燈光不可嗎？

我面前的玉亭一定比我的感受更加強烈，她緊緊閉著眼睛，巴不得把眼皮黏起來似的，連握著香的手都因害怕而爆出青筋。

「燒紙錢吧！」我抽過她手中的香，把香用力插進香爐裡。

她不敢吭聲，卻開始急促的呼吸，我從容的拿過紙錢，開始往鐵爐子裡燒、往爐子裡扔，給好兄弟的銀紙錢我買的比較多，誰叫土地公只有一個，好兄弟比較多，得讓它們分贓平均點。

玉亭連撥紙錢進爐子都撥不穩，紙錢開始飛散，我們看著空中飛散的紙錢，以非常不合理的姿態飛舞著；像是被一個又一個人撥開，最後驀地在空中被撕了個粉碎。

「啊啊！」玉亭失聲尖叫，緊緊勾著我的手臂。

然後一陣狂風莫名其妙的從走廊吹向我們，吹起一爐子裡的紙錢，吹得滿空飛舞，一屋子的灰燼，嗆得我連忙護著玉亭往牆上貼。

爺爺、奶奶、外公、外婆、媽媽還有祖先們！請務必保護好玉亭！我不容許過去的意外再重演一次，我不要任何人再犧牲！

「咦？」玉亭彷彿感受到什麼似的，放鬆了抓著我衣袖的手，「好溫暖……」

漫天飛舞的紙錢一張張被撕了個粉碎，最終在我們面前飄散下來，我早就拿著雷射光手電筒彌補喜歡閃爍的日光燈，手電筒上頭貼有符咒，諒它們也不敢再關掉我手電筒！

久病成良醫，我好歹也是半個……四分之一個專家！

紙錢終於全部落了地，空氣中全是灰燼煙塵，玉亭不停的咳嗽，我掩著口鼻，警戒的看著四周。

香爐上的香熄了。

燒過的紙錢漫天飛舞、沒燒的紙錢被撕了個粉碎，就算是白痴也知道，對方並不接受我們的祭拜，不拿不吃不理會，而且看來也不打算保佑我們。

「小美學姊！」一旁邊的玉亭突然傳來驚恐的聲音，「妳看……看……」

她的下巴指向正前方，走廊底的那間房。

深色的木門好端端的在閃爍的日光燈下存在著，但是上頭卻漸漸多了陰影，我雙眼此時此刻清晰的瞧見灰色的影子在門上一點一滴的出現，像是有人用手抹了灰燼，在上頭寫字似的。

一筆一劃，我拿著手電筒往門上照，甚至清楚的瞧見每一落筆時的五根手指印。

「背叛者」——門上最後出現了這三個字，這一再的、莫須有的罪名。

「搞什麼！誰是背叛者？你們搞錯人了！」我受夠了！「拿東西祭拜你們也不接受，那就拉倒！白白花了我的薪水，最後自己也沒得吃！」

等一下還得來掃這一地的髒亂！我是招誰惹誰啊！

咿——餘音未落，刻有背叛者的門突然間打開了！

嗚哇哇哇！我嚇得立正站好，玉亭在我身旁尖叫，把額頭眼睛全埋在我有點肉的上手臂裡，我的視線移不開，完全石化般的立著，不由自主的看著那扇大開的門。

門是打開了，但是什麼都沒有。

「喂！喂……玉亭學妹！」我不得已的點了點她，「我怎麼什麼都沒看到，妳可不可以幫忙一下！」

「什……什麼？我才不要！」玉亭一聽更害怕了，掐得我手臂好痛，死都不抬頭，「剛剛已經聽見一堆人走向我們了，我幹嘛看誰走出來……」

「好吧！」我無奈的嘆口氣，拿手電筒照半天，也照沒個鬼影，「那……我們撤退好了！」

我這叫當機立斷，我看不見並不代表它們不存在，天曉得那扇門開了之後走出來什麼東東啊？

我反手扣著玉亭，緩緩的要往身邊的門裡退進去，我幻想著我們硬生生穿過一堆魍魎鬼魅，穿過一群對我們齜牙咧嘴的亡靈們。

一陣惡臭忽然飄至，伴隨著騰空而起的香爐！

我吃驚的停下剛移動的腳步，它就站在桌前，跟我面對面，從那扇開啟的門中走出來！

我瞬間聯想到散發惡臭的男人，然後看著香爐往我這邊飛過來！

「蹲下！」我高喊一聲，連忙蹲下，香爐打上牆壁，灰燼又散得到處都是！

「哇呀呀——」倒在地的玉亭淒慘的尖叫起來，她沒離我多遠，就看見什麼了嗎？

「進去！進房去！」我急迫的尖喊著，一邊推著她，一邊注意桌上那堆牲禮整齊的升空，「媽——」擋一下吧！

玉亭飛快的扭開木門，我們兩個狼狽的閃了進去，門關上的那一剎那，我還聽見東西撞上門板的聲音！

好樣的，近不了我的身，就拿東西丟我？我怒氣沖沖的拍著身上的香灰，是啊，實體的東西我看得到、摸得著，自然也會被丟到，還真是頗聰明的傢伙！

玉亭趴在巧拼地板上喘氣，一張臉始終泛白，我無力的靠著木門坐在地上，滿腦子莫名其妙、滿肚子不爽！到底是什麼跟什麼，我照學長的話準備「青操」的祭品要給它們吃、還燒了錢過去，結果它們不但不領情，還開門跟我對嗆？

最讓我感到不可思議的是，又指著我罵背叛者，那扇門開得多火大啊，直直衝過來，還拿香爐扔我耶！

「玉亭……我們拜拜有拜錯嗎？」這是我想到的第一個問題。

「不……不是那個問題！它們很奇怪……真的很奇怪！」玉亭趴在前面，回頭看向我，「有人很生氣，有人卻……很溫和的看著妳！」

「我？妳確定妳沒搞錯？怎麼又是我？」我是哪裡犯沖了啊？之前因為床位號碼一樣，厲鬼學姊以為是我偷走她的項鍊，怎麼現在那群好兄弟被人背叛，又以為是我？

這些好兄弟怎麼斷氣後就變笨了？連對象都搞不清楚！

「是妳啊，大家都看著妳！」玉亭改成跪坐在地板上，「雖然只有一瞬間，可是我有發現沒有人在看我，全都在注視妳，然後我聽見……」

「聽見什麼？」

「……」玉亭似乎有點猶豫，我發現她只要一支吾其詞就沒好事，「小美。」

嗚哇哇哇～我全身雞皮疙瘩都竄了起來，我跟這些傢伙哪有什麼交情啊，幹什麼那麼親暱的叫我名字！

我搓了搓手臂，想把一堆雞皮疙瘩搓掉，門已經按下了喇叭鎖，外頭也沒什麼動靜，我的守護靈們應該在守護著我們，真是辛苦你們了，我親愛的家人，拜託你們好好巡邏啊！

「有夠亂七八糟！我明天還得去掃外面一屋子的灰，說不定等一下還有人投書說我們在公寓裡燒東西，又大吵特吵！」我咕噥著，準備先來巡視自己的房間。

我走到陽台邊確定那張符紙有貼牢，至少這張是阿蓮親自加持過的，它們進不來，所以我把落地窗鎖緊，窗簾拉起來，然後搥搥肩膀，坐下來喘口氣，吆喝玉亭先去洗澡。

當然我也在浴室門窗上貼上了符紙，以確保屋子裡沒有任何好兄弟存在。

「學姊，這棟公寓好像根本沒人住吧？」坐在地板上的玉亭突兀的迸出一句。

「啥？沒人住？怎麼可能！我看出租屋子也只出租這一間啊！」

「可是我們從來沒有遇過任何人，而且剛剛吵成這樣，也沒聽見樓下有動靜……還有……」她神色發白的打了個哆嗦，「外頭那五間不是聽說本來也有『人』住嗎？」

對齁！我的右拳擊上左掌心，我來這麼久的確沒看過其他住戶（剛剛扔香爐的那個不算），而且燒東西時也沒人出來問、吵架時也沒人探頭出來關心……我到底租到什麼房子啦？

這種房子一學期一萬還太貴，應該要再折價才對！

「算了啦，有人也麻煩，萬一這群好兄弟隨便附人家的身怎麼辦？我可救不完！」這就是我的致命傷，我心腸太軟了，當年那個厲鬼學姊就用這個威脅我，讓我不敢離開宿舍，就為了別人的性命！

「小美學姊……當年，妳發現有厲鬼時大可以退宿，為什麼妳卻選擇跟那個厲鬼學姊面對面衝突？」她抬起頭，帶著狐疑的口吻。

「我哪有跟她衝突？我是想好好溝通，好嗎？」誰叫女人為情發狂都不講理，「我那時要是退宿了，那還得了！下一個住進去的不是衰死了嗎？啊既然我陽氣那麼重，她不能對我怎麼樣，那當然就由我應付她比較好嘛！」

說是這樣說，但還是死了兩個人。

「小美學姊……妳好勇敢喔！」玉亭帶著讚賞般的語氣，崇拜似的看著我，「為什麼妳能做到這個地步呢？」

「這有什麼為什麼？」我不理解玉亭的意思，「因為我可以，所以我去做啊！難道要讓可能會受傷的人去？這我可做不到！」

玉亭啞然失笑，她那抹淺笑讓我怪不舒服的，我又沒說錯什麼話，她幹嘛一直搖頭傻笑。

「所以說，學姊不打算搬離這邊了對不對？」

「欸……我是沒那個打算！」我聳了聳肩，的確從一開始就沒有，因為我壓根兒沒想到我會是什麼背叛者。「我現在只想知道是怎麼一回事，然後趕快跟它們相安無事，我就能舒舒服服的住下來了！」

事實上我還在想，從明天開始都不理它們，說不定就什麼事都沒有了！

只見玉亭杏眼圓睜，嘴巴張得大大的，呈現痴呆狀的盯著我不放，最後還伸出雙掌，開始努力的鼓起掌來了。

「學姊，妳真的太神了！我實在沒妳那麼勇敢……」

「我知道啦，所以說呢，我已經想到了！如果妳要搬離的話，我不會有意見的！」反正才不到一星期，我可以再找室友，「妳什麼錢都不必給我，東西妳買的妳帶走！」

「小美學姊……對不起！我一直不知道該怎麼跟妳開口！」玉亭邊說，豆大的淚珠兒邊往下掉，「我真的沒有妳的百分之一勇氣，而且我嚇得要死，我……」

我上前輕拍她的頭，我絕不會強留玉亭下來，因為有痛徹心腑的前車之鑑，不是每個人都像我這樣的幸運，所以在與陰界異物接觸之時，很可能因此招致死亡。

她如果走了，我心才會安啊！

我說服她先去洗澡，然後整理行李，隔天一早我就護送她離開，反正如果她說的是真的，那群好兄弟只針對我，那麼於她就應該無害。

我幫她收拾好行李，剩下的大件物品我再分天幫她帶出去就好了，她抽抽噎噎的道了好幾次歉，也道了好幾次謝，才在我不耐煩的催促下上床睡覺。

我們依舊擠一張床，在娃娃神咒的庇護下安然入睡，我好想學長，希望他趕快回來幫我，這樣就不必去想一堆複雜的事情，什麼背叛不背叛的，我陳小美做人講義氣，才不會背叛人……連鬼都不會背叛！

還是打電話勞駕阿蓮好了，把這邊徹底弄乾淨……

叮叮！遠處彷彿傳來 MSN 的聲音。噯呀，我電腦忘記關了嗎？吵死了，半夜誰CALL 我啊！

叮叮！叮叮！叮叮！叮叮！

有完沒完啊！我下次應該關靜音的，省得忘記關機就被吵個……嗯？我今天回來就被那群鬼搞得心力交瘁，哪有時間開電腦啊！

「學姊……學姊！」耳邊突然傳來玉亭的聲音，伴隨著強力的搖晃，「小美學姊！」

喝！我倏地跳開眼皮，看見她坐在我身邊，披頭散髮又慌張的搖著我。

「哇靠，妳是人還是鬼啊！」我揉著惺忪雙眼，很討厭自己的睡眠被人打斷！

「小美學姊，妳的電腦一直吵！是MSN……」玉亭又是一臉恐慌，我怕她明天再不搬走，會變成我得精神分裂！「我記得妳沒開電腦！」

我看向左前方的電腦桌，螢幕果然是亮著的，而且電腦一直閃跳著視窗。

這讓我想到一部叫《連鎖信》的電影，主要概念不錯，是形容異世界的鬼怪們透過光纖網路入侵我們的世界，奪走我們的生命，除非活在斷訊區，否則一定會被抓到。

不過電影就是電影，我無法把它套在現實上。

我下了床，走到電腦桌邊，又是如同上次一樣無暱稱與ID的視窗，上頭只有一個字：

『聽！』

『聽！』

『聽！』

『聽！』

我瞇起眼，皺起了眉，看著持續不斷跳出的重複文字，然後我被某個聲音嚇住了！

我緩緩的往左方的門轉動頸子，我不是在做夢，也絕非在夢遊，我第一次有著自腳底竄上的寒意，第一次發現原來自己也會發抖。

我聽見了！我聽見了MSN裡要我聽的東西！

「小、小……小美學姊……」坐在床上的玉亭果然也聽見了，「那是什麼……」

噠、噠、噠、噠、噠、噠……那是一堆人踏著重重的步伐，在外頭踏步的聲音啊！

它們由遠而近，腳步聲紛雜，可以知道外面有多少人正直直往我們房間走來！這是行軍嗎？怎麼會有那麼多人？那麼震撼的踏步聲！

我的視線迅速的落在門上，我今天衝進來時按下了喇叭鎖，可是我忘記拴上上下新裝的兩道門閂了！

腳步聲開始近到嚇人，整齊劃一的踏步聲彷彿要撕開我的理智！

我飛快的抓起桌邊的盒子，就往門邊衝，就在我手忙腳亂的勾上下面那道門閂的瞬間，我們的門把被轉開了！

我就站在門邊，親眼看著門把被轉開，下一刻甚至直接被扯壞，然後木門開始從中間被撞擊！

砰——砰——

因著喇叭鎖上下的兩道門閂還鎖著，所以變成門的中間以弧形空洞狀被重擊著，門把那兒形成的空隙，有股惡臭傳進來。

「小美學姊！離開門！有手從門把邊的凹處伸進來了——」玉亭尖聲提醒我，她看見了！

可是我哪能走！我一旦走了，這裡不就失守了！瞧！撞擊門的情況停下來了，可是……我卻看到上頭那道門子開始緩緩的、無聲無息的滑動著……滑動著，接著喀啦一聲……

打開了！

說時遲那時快，我抓出盒子裡的符咒，不顧一切的往門上貼，我貼了幾張我不知道，只知道手上一把是幾張，我就貼了幾張！

「走了！走了！」玉亭衝下床抱住我，把我往後拉，「那隻手像被燙到一樣，竄出去了！」

我們兩個站在原地，看著只剩一道鎖就要鬆脫的門，這是唯一的出入口，也是我唯一沒貼上符咒的地方，它們非得要進來不可嗎？號召那麼多人，進來又要做什麼？

學長……我心裡開始浮起恐懼，不知道該怎麼處理這個狀況，如果它們陰氣夠重，我的陽氣是否不再是護身符？

鈴——電話聲突然刺耳的劃破寧靜！

「哇呀呀呀——」我跟玉亭抱在一起尖叫，被地上那支室內電話嚇到魂飛魄散！

鈴——鈴——鈴——我們呆看著地上那支電話，用力嚥了口口水，深吸了一口氣，然後不約而同的看了看彼此。

是誰打來的？房東嗎？現在是半夜一點，他以為所有的研究生都很晚睡嗎？

不過他打來得好，我有的是一籮筐的問題要問他！

就在我抓起電話，準備要喊「喂」的時候，玉亭突然間握住了我拿著話筒的手，制止我貼近耳朵。

該不會……連話筒裡也伸出什麼手吧？又不是在演鬼來電、而且這是室內電話耶！

只見玉亭僵硬著身子，定定的看著地板，然後她的手緩緩抬了起來，她手裡握著一條線，一條根本沒有接在話機上的電話線！

我的呼吸霎時停住，看著手中的話筒，即使尚未貼上耳朵，我也能聽到對方正在聽著我的呼氣聲。

然後玉亭握著我的手，我們極為緩慢的把話筒放回去。

我看著她手中的電話線，看著眼前那支話機，線可能是在剛剛搬桌子時扯掉了，但是扯掉線的電話怎麼還有人能打得進來……

鈴——沒有接線的電話機，二度在深夜裡戰慄的響起。

玉亭倒抽一口氣，她的臉色已經白到快跟鬼一樣了！我們看著位在我們之間的電話，它不停的響、不停的響，似乎我們不接起來它就不打算停。

「就算我們把電話拿起來，它說不定也會照樣響給妳看！」我深吸了一口氣，「我陳小美可不是被嚇大的——喂！」

電光石火間，我接了起來！

玉亭登時瞠大了雙眸，一翻白眼，竟然就在我面前暈了過去。

暈過去也好，我覺得這樣我比較好辦事。

『小美……妳是小美嗎？』電話那頭是個長者的聲音，『阿美啊……我終於找到妳了……妳終於回來了啊！』

啥米鬼？我又不是連爺爺，回來什麼啊？

「對不起，我在這裡住得好好的，請你們不要再打攪了好嗎？」我對著話筒大吼起來，「我可沒有背叛誰、也沒有犯著你！」

廢話不再多說，我啪的甩下電話，再把電話踢到玉亭的床下去！

我打小到大就沒住過這裡，什麼叫我回來了！聽到那些魍魎鬼魅們喊我的名字，我全身寒毛就都豎起來，有股想扁人的衝動！

我把玉亭抱上我的床，昏倒了好，這樣睡得比較死，希望阿蓮的神咒能讓她做個好夢……

砰——我身後的門冷不防的遭受到猛烈的撞擊，我嚇得回首，看著絲毫不為所動的門板。

砰！砰！砰砰！砰砰！砰砰砰！砰砰砰！接連不斷的撞擊巨響傳來，雖然門毫無動靜，但是這聲音卻確實的傳來，在深夜裡震撼得嚇人。

阿蓮的符咒我從不輕忽，好歹是萬應宮下任「掌門人」，聽說還是這一百五十年來修行最高的人，我相信那幾道符咒形成了一層如護城河般的保護，將我包裹在這個城堡裡。

外頭那無可計數的鬼魂們正盡己所能，試圖把門撞開，衝湧而進……做什麼？懲罰我這個背叛者？還是教訓我這個入侵者？

不管哪一種，我都敬謝不敏！我有我的生活，而我的生活不允許任何人……甚至任何鬼打亂的！

鈴——我嚇得跳了起來，床下的電話又響了起來！

該死的電話，我等一下就把你拆了，看你怎麼響！我氣急敗壞的衝過去，玉亭的床就在門邊，我開始懊悔剛剛把電話扔進床下，我現在還得到床下把電話挖出來！

就在我伸手進去探電話時，一雙冰涼的手竟覆在我的手上。

「幹嘛！」我厲聲一吼，嚇得抓著電話縮回手。

難不成有東西混進來了？可是怎麼可能碰得到我，哪個傢伙道行這麼高？

不、不對！我沒聞到惡臭味，對我有敵意的傢伙不知道幾年沒洗澡了，身上有股酸臭味，剛剛碰著我手的鬼完全沒有味道，而且手好冰……廢話，我在想什麼，哪個鬼手會是熱的！

「喂！幹嘛！」我受不了電話傳來的刺耳鈴聲，決定先解決這件事。

『妳這個背叛者……事到如今還有臉回來……』是個男人的聲音，很低，而且在撂話，『妳扔下我們，就該知道會有報應……妳敢回來，我們就不會讓妳走的、不會讓妳走的！』

「神經病！」我啪的掛上電話，沒興趣在大半夜跟有病的鬼講電話。

當然，才掛上，電話又不停的響起，我把話筒拿起來也一樣，它就是響個不停。電話響加上撞門聲，我就算天不怕地不怕，也快被這聲音搞到心浮氣躁，歇斯底里了！

最後我把所有的娃娃都蓋在電話上頭，果然電話失去了聲響，哼！就不信那麼多萬應宮的符咒制不了你們，就算不是阿蓮開的，阿公寫的也有一定威力好不好！

接下來我在想要怎麼解決撞門聲，求救似的看向電腦，卻發現曾幾何時，我的電腦自動關機了。

「戴耳塞好了！」我做出最消極的決定。

就在我起身要去翻找耳塞的瞬間，我眼尾瞄到玉亭床下突地竄出一抹紅影，直接從大門穿了過去，再過幾秒，我再度聽見匆促的腳步聲，只是這次是越來越遠……越來越遠。

門外終於平靜無聲，靜謐得嚇人。

姑且不管那抹紅影是什麼，我可是再三道了謝，翻身上床，我累死了，我得好好睡一覺，不管是什麼，拜託都不要再吵醒我了！

明天……我要找阿蓮求救，我覺得事情大條了！真的滿大條的！

第五章・柳暗花明

隔天清晨即起，天曉得我累得要死，可是我擔心外頭那一堆髒亂，可得在被房東發現前整理乾淨，而且昨天的牲禮裡有魚有肉的，在這種熱天一定都發酸了，想到這個我就噁心！

暴殄天物啦！就算做鬼也應該知道什麼叫做珍惜，那好歹都是錢買的，本來以為拜完後我可以打打牙祭，怎麼知道搞得這麼慘。

我拿起掃把畚箕，站在房門口深呼吸，我們的喇叭鎖真的被拆了，幾乎是鬆脫了，奄奄一息的垂掛在門板上，喇叭鎖上方那道門子被拉開了，然後下方那個在被開到一半時被我貼上了符咒。

大白天的，我出去掃地不會礙到誰吧？大家都應該要懂得愛護整潔，我順道幫它們掃掃地，希望它們不要介意。

講是這樣講，我不認為外頭那群傢伙懂得環保這檔子事，我還是先把一張符紙燒了，扔進水裡，然後在開門的瞬間往外頭潑灑而去。

唉，在撞鬼之前，從沒想過我陳小美這輩子也會搞這種玩意兒，活像個法師乩童！

只是當我潑灑完符水後，我拎著掃把站在原地好半晌，簡直不敢相信我親眼所見！

外頭哪來什麼灰燼？哪有什麼酸掉的雞啦、魚啦，或破掉的蛋，我啥都沒看見，只看見乾乾淨淨的地面，被擦得亮晶晶的那張茶几，就連香爐也都好端端的擱在上頭，只是上頭的香沒了。

「哇……」我還用手指在牆上一抹，連點灰都沒有耶，敢情是之前浴室那位宅心仁厚的好兄弟，這會兒幫我清掃起外頭來了！

這要是真的，那乾脆打張契約好了！我照初一十五燒錢拜食物給它，它負責幫我打掃家裡，豈不一舉兩得！我喜出望外的想到這個好點子，然後把茶几搬進屋裡。

「小美學姊？」玉亭戰戰兢兢的窩在床上，「外面？」

「超乾淨，簡直到一塵不染的地步！」我豎起大拇指稱讚，「不知道是誰那麼好心，把東西全清乾淨，還把我們這張桌子擦得亮晶晶！」

玉亭臉色又是一陣青一陣白，我覺得她沒什麼幽默感耶……

「是誰……掃的？」

「我不知道！他沒留姓名！」我聳了聳肩，我的確不知道啊！「是人的話，就是房東伯！是鬼的話，我猜是浴室那個有潔癖……我是說非常賢慧的鬼！」

玉亭眉頭全打結了，她瞅著敞開的門直直往外頭看，怎麼看臉色怎麼難看。

「好啦，收收快走了！免得妳住這裡住到神經病！」我拍了拍她，「以後的事我自己解決，妳甭擔心我了！」

我希望玉亭快點走，一來是很擔心她受到意外的傷害，二來是因為如果她看不到，我可能會輕鬆很多，不會被一些有的沒的影響到。

一切都是私心，可我這是善意的私心！

鎖壞掉後，我也不知道該怎麼辦，只得將門虛掩著，反正這層樓看起來只有我們住，應該也不會有小偷進來，門上都貼了符紙，除了活人外的東西也進不去。

「小美學姊，要不要拿東西抵著？」玉亭站在門外時，還在為我擔心。

「不必啦！小偷不會來！來了用東西抵著也沒用。」我泰然視之，這樣連鑰匙都不必帶了，耶！

「我、我不是指小偷啦！」玉亭出現了跟學長一樣無力又不耐煩的臉！

「嗳嗳嗳！」我戳向她眉間，硬把皺起的眉撥平，「別那種表情，好像在說我是笨蛋一樣！反正鎖就壞了，別想太多！」

每次學長都這樣，最後還會橫我一眼，補充一句：「跟妳這種絕緣體說話，非常累！會折壽！」

我就討厭那樣，自己不講清楚，還怪我聽不懂！

沒讓玉亭再多話，我拉著她趕緊往下走，思及昨夜大鬧一陣都沒人探頭，害我非常想看看樓下到底住了什麼人。

走到三樓，我發現門並沒有年久失修的感覺，而且外頭都有鞋架鞋櫃，不像是沒人住的樣子。

「小美學姊……妳想打招呼的話，我不奉陪喔！」後頭害怕的抖音響起，讓我想起我後面還有個可憐的傢伙。

對對對，至少先送她走，我再來找住戶溝通一下。

我送她到樓下，幫她把東西放上摩托車，鄭重的跟她道別，玉亭又抽抽噎噎的說了抱歉，飛也似的驅車離去。

我總算鬆了一口氣，自己一個人來處理，總比拖無辜者下水的好！

玉亭的車子掠過一位步履蹣跚的老阿嬤，那是我們巷子的「紙箱專門阿婆」，她可能很老了，不太會講話，人看起來呆呆的，聽說是得了老人失智症，背駝了快九十度，但總是很勤奮的撿紙箱去賣，糊口飯吃。

看見阿婆我都會很有朝氣，不管怎樣的人，每天都努力的活著，所以我今天也要更加努力……努力的先把阿飄解決再說。

我把樓下的紙箱偷偷擱到她的三輪車上，希望讓阿嬤省點力，再回身準備上樓，卻看見有人進入我們這棟樓！「同學！」我飛快的衝上前，喜出望外的攔住一位清秀的女生，「同學！！」

大概我太激動了，搞得人家以為我是神經病，嚇得花容失色，連忙想往一邊的隙縫跑！

「妳好！我是這棟新搬來的！我好高興喔！我還以為這裡根本沒人住！」我開心的握起她的手，「妳是我第一個瞧見的人類耶！」

「……」女孩眨了眨眼，一臉狐疑的打量了我，「聽妳說起來，其他東西妳倒是看了不少囉？」

喝！這句話多多多令人驚訝啊？尤其瞧這學生說起話來四平八穩，神色自若，提起鬼魂們也不見懼色，我簡直像是千里逢知音，興奮得快跳起來了！

「同學！妳也知道嗎？」他鄉遇故知啊……

「嗯，這裡不是很乾淨。」女孩點了點頭，「可是沒什麼大礙。」

「哇，看來妳是專家耶！」我開始崇拜起她了，「妳都怎麼應付它們？」

「應付？為什麼要應付？」女孩挑了眉，「它們根本不會害人啊！偶爾被壓……習慣了就好！」

「不會害人？」我對這句話很有意見，「我覺得它們煩死了，而且有傷害人的意圖啊！」

「怎麼會？我住在這裡兩年了，任何地方多少都有好兄弟，但是這裡的從不會加害於人啊？又不是凶宅！」女孩狐疑的瞅著我，往樓梯上走去，「我住三樓，妳要不要來看看？」

女孩說要帶我去她住的三樓晃一下，直覺我大驚小怪，我還覺得女孩滿從容的，可是從她的反應看起來，她所受的「歡迎式」，跟我的有很大的差距。

她帶我來到三樓，每個樓層都一樣，一層樓六間房，一間最大的及五間小房間；

我們上去時剛好還看到一對情侶出來，女孩跟他們打招呼，順便介紹我這位新房客。

「什麼……幹嘛嚇人啦！」女朋友偎到男朋友臂彎裡，「這裡哪有什麼不乾淨？」

男孩子有點不高興，請我們不要怪力亂神，摟著受驚的小女朋友，說有課先走了。

絕了，這對已經住到大四的情人，竟然壓根兒沒感覺過任何一位好兄弟？也沒受過「特別款待」？半夜沒插線的電話不會響？不會有人領軍撞門？不會有人在妳洗澡時站在浴簾外頭？

「就跟妳說吧，像我是稍稍敏感的人，可是我也沒什麼感覺。」女孩領著我站在樓梯上來的大平台間，也就是大套房與五間小套房之間的空地。「妳呢？站在這裡有什麼感覺嗎？」

感覺？我覺得她話裡的「稍稍」很有問題。

我抬頭看了看四周，奇怪，明明一樣的設計，一樣只有我房門口出來右手側的一扇窗，怎麼這裡就亮得跟什麼一樣？樓上卻灰濛濛的？

「我八字很重，感覺不到啦！」我無奈的噘起嘴，「可是我遇到的太誇張了，雖然看不到，但是會拿香爐扔我！」

「嗄？香爐？哪裡有這種東西？」

我簡單的把昨晚好心善意的拜拜跟她說了一遍，至於晚上的行軍撞門加電話鈴聲，我暫時跳過。

「怎麼有這種事？」女孩聽了臉色頓時沉了下來，「這裡才沒那麼不乾淨！」

我兩手一攤，啊我就遇到了啊！事實勝於雄辯！

「妳住哪一層啊？二樓的我也認識啊，就沒聽過！」我的經歷讓她不安起來，我突然覺得有點歉疚。

「就樓上啊！這間的樓上！」我先指了指身邊的十坪套房，再仰頭向上看，「四樓咩，我那一層幾乎都沒住人。」

話音方落，我就見到女孩跟看到鬼一樣，刷白了臉色，還跟著倒抽了一口氣，非常不客氣的狠狠向後退！

現在是怎樣？我該不會又真的住到凶宅了吧？阿蓮還說我福氣好，福氣好八百年啦！

「樓上該不會……有什麼傳聞吧？」我眼神挑向樓上，再惶惶不安的看向女孩。

「這裡……」她凝重的蹙起了眉，「只有三層樓啊！」

從未感受過的戰慄感穿過我的腦門，我腦袋瞬間成了一片空白！

三樓？這裡是三樓的公寓？而且出租的都只有二、三樓？我站在三樓向上的樓梯口往上看，那我住的是什麼地方啊？樓中樓？加蓋？還是虛擬世界？

糟糕，我真的被嚇到了，而且我在猶豫我到底該不該回去拿我的包包，我還要去打工耶……

「妳住樓上？」女孩向我走近，因為我的關係，她說她沒心情上課了。

「對，就樓上。」我無力的看向前方一片陰暗的樓梯，「而且真的就是走上去，右邊那個十坪大的便宜套房。」

「我就住三樓那間啊！」女孩抿了抿唇，「樓上應該是頂樓、水塔、看夜景的地方。」

「妳上去過？」

「沒有，房東叫我們不要上去，說樓上鎖著，他有放東西。」女孩如實告訴我，「這裡真的是三層公寓。」

「真的是見鬼了！」我搗著頭，現在腦袋發脹，一個頭兩個大啦！

「要不要先去找房東問問？」女孩反應極快，開始拿出手機搜尋。

「我想直接當面問清楚，妳幫我約，我現在就過去。」我感激涕零的看向她，「不過我得先上去拿我的包包。」

她明顯一愣，然後下意識的後退了一步。

她的意思大概是說，我是不要命了嗎？已經知道我住的那一層大有問題，還要回去拿東西？

那有什麼辦法？我家當都在那邊，也住了快兩星期了，搬家的時候怎麼沒人告訴我這棟樓只有三層呢？我竟然住在一個不存在的樓層裡兩個星期？

三步併作兩步，我往上走，知道詳情之後我的感覺就不一樣了，我發現三樓到四樓的樓梯特別陰暗，燈光永遠不足，上了四樓也是一樣，同樣位置的一扇窗，這裡的窗戶就透不進光。

我的門一樣虛掩著，喇叭鎖照樣是在門板上，這裡就是我租的屋子，貨真價實也千真萬確！我房租繳了，契約簽了，這些都不會是幻覺。

進了門，我俐落的收拾背包，今天打工完還得去上課，晚上可能要耗得滿晚才會回來，看來晚上又是一場硬仗，所以我臨出門時，把幾隻娃娃排到門後，麻煩它們當門神。

阿蓮，我不是不信妳的符咒，只是這個當口下，我還是應該多提防點，對吧？

咿——有扇門開了，我聽得出來，是離我最近的門。

我沒有回頭，反正也看不見，眼不見為淨這句話我現在真的覺得太妙了！

什麼時候……要帶我們走？

女人的聲音伴隨著風，飄進我的耳裡……或者說是直接傳進我腦子裡更為恰當！

帶它們走？這句話是什麼意思？我承認我對這句話感到遲疑，但是我沒有停下腳步，反而是飛快的往樓下奔去。

為什麼那樣問？那幾乎懇求的語氣，跟「背叛者」根本連不起來！這些好兄弟們到底想怎樣啊，我一點也搞不懂它們！

下了樓，女孩用詭異的眼神看著我，彷彿我平安歸來是奇蹟似的。

「就跟妳說我真的住樓上！」我拍拍背包，當作證據，「我當初搬來時你們都沒聽到喔？」

「沒有注意！」她聳了個肩，「其實我在想，說不定房東這學期把樓上清掃好，所以租出去了！」

「全租給鬼？」我沒好氣的扯扯嘴角，「就留一間租給人？」

女孩白了我一眼，眼神裡帶著我口無遮攔的責備，她跟著我下樓，說已經打給房東了，表明有急事問他，現在就過去。

「照妳這樣說，妳遇到不少事，可是妳好鎮定！」女孩一臉寫著「妳是怪胎」的表情。

「因為我陽氣重啦，而且看不到！加上那群傢伙喧賓奪主，我有點火大。」不過等一下見到房東，我會更火大！

下了樓，我們一起往房東的住家那裡去，有個中年男子已經站在外頭等我們，我沒見過那個男人，但我身邊的女孩卻綻開笑容。

「房東早！」她笑吟吟的打招呼，我卻有些愕然。

「早！有什麼事嗎？」瞧這房東說話溫文儒雅，斯文有禮，沒半點台灣國語腔。

「是這位新房客有些問題想請教。」女孩看向了我。

「新房客？」男人看著我，感覺很狐疑，「同學，妳住哪間？」

「你是房東？哪是啦！」從說話到年紀根本沒一處一樣，「跟我簽約的房東才不是他咧！」

「咦？怎麼可能？這一排房子全是我的啊！」男子一怔，狐疑萬分，「每一個住戶都是我經手的，我才奇怪，這學期全是續住，沒有新房客啊！」

現場陷入一陣尷尬，該死！我不會被騙了吧？把錢交給陌生人，然後被拐進一層不存在的樓層跟好兄弟一起住……我腦袋快炸掉了，這是哪門子的詐騙集團啦，一點良心都沒有！

「一個老伯，說話都台灣國語，同鞋同鞋的叫！」我急了，趕緊翻找著早有準備的契約，「他租我十坪套房一學期才一萬元，還包水電，冷氣一年繳三百就好……」

「什麼！」驚呼聲來自我身邊的女孩，「一學期一萬元！怎麼可能！我們那間隔成三間，我一學期就一萬二了耶！而且哪有包水電！房東！」

我還沒搞清楚狀況，女孩的矛頭已指向中年男子。

「哪有什麼隔間啊？十坪大的房間，大到我都可以打籃球了，還隔間？」我壓根兒沒算到我是火上加油。

「為什麼價差那麼多！」女孩一反剛剛的恬靜，不斷的嚷起來。

「等、等、等一下！」中年男子像嚇到了一般，但卻一臉丈二金剛摸不著頭腦，「不可能，我每層十坪大的房間都有隔間的！妳是住哪棟哪一層啊！」

問到關鍵了，女孩的盛怒突然被澆熄，她張著大眼瞄向我，好像在說：喔喔，我忘記妳住的地方不存在了！

「我住最後一棟！四、樓！」我一字一字斬釘截鐵的說著，唰的把契約書打開，「這是我簽的契約，詳盡得很！」

中年男子先是一驚，然後看著我攤出來的契約，瞬間臉色發青，眼珠子轉得比節拍器快！

「房東先生，我們那棟不是只有三樓嗎？四樓是加蓋的嗎？」

「不……同學，妳說的房東該不會是差不多六、七十歲，滿頭短白髮，說話很宏亮，操著一口台灣國語？」男子慌張的看著我，「長得像……像……」他情急的往裡頭一指，「像牆上掛著的那張大頭照？」

我瞧著他推開的紗門，往裡一直線看過去，窗戶上頭果然掛了一張大頭照，就是房東伯！

「對！就是他！」我興高采烈的叫了起來，「嘿！這就表示這張契約是有效的，我真的簽了約！房東伯呢？我有事找他問清楚！」

「房東，價錢差太多了啦！」女孩噘起了嘴，「你們不能這樣啦！」

「這之中有誤會、有誤會……她的房子是我爸租的……」中年男子幾度欲言又止，滿頭大汗，「同學，妳先說，妳要問什麼？」

我要問的事可多了！我先問那層樓是不是常有好兄弟？再把我跟玉亭開始入住後發生的一切，簡單的告訴中年男子，包括昨天晚上驚險萬分的情況、被破壞的鎖、亟欲入侵的它們！

我要清楚的知道那間房子究竟發生過什麼事，如果真如女孩說的，這裡從未發生過命案，那為什麼會有那樣多的鬼魂聚集於此，不肯散去，甚至也不肯讓外人入住？

還有背叛者是什麼意思？帶我們走又是什麼意思？我必須釐清這些疑點，才能知道這群魍魎鬼魅要的是什麼！

房東聽完是冷汗涔涔，女孩也是驚恐萬分，兩個人彷彿比我還身歷其境似的，一臉驚魂甫定的模樣。

「所以說呢？給我個交代！」我要個標準答案。

「這個……我實在也不知道，爸爸為什麼會出租那層樓給妳……而且那層樓明明就……」中年男子慌張得語無倫次，「不是說鎖著嗎？不能租，怎麼又……」

「那請阿伯出來，讓他直接跟我說不就好了！」看來這個兒子也是一問三不知，解鈴還須繫鈴人。

「不行啊！要是可以我一定幫妳問我爸！」

「為什麼不行？啊！難道阿伯生病了！」我想起這幾天打電話都找不到他、也沒見過阿伯的身影！

房東焦急的走來走去，跟著用力跺腳，然後終於揮去滿身的汗，鄭重的轉向我。

「我爸已經去世二十年了！」他把紗門推開更多，讓我看見他們家的神桌。

上頭立了許多牌位，其中有一個還真的寫著「先父ＸＸＸ」，那個房東伯的照片就擱在後頭，一如過往所見過般的和藹笑著。

儘管現在是炎炎夏日，我還是感到零下冰點般的寒意蔓延我全身上下，冰凍了我所有的血液！

我站在公共電話亭裡，焦急的碎碎唸著，快接電話！快接電話！

『喂！萬應宮，你好！』接電話的是老婆婆的聲音，操著台語，背影音還是麻將聲，因為有人喊了聲「碰」！

「阿婆！我小美啦！阿蓮有沒有在！」事情大條了！大條了啦！

『阿蓮喔？不在啦！伊出去啦！』阿婆緩緩的說著，一點都不管我這急驚風。

「出去？伊才七會（七歲），系去兜位啦！」阿蓮沒去念幼稚園，聽說開學第一天就因為跟廚房後頭的怨鬼交手，把全校師生嚇得魂飛魄散！

背景傳來催促聲，還有其他阿婆厲聲喊著：「犯規！妳哪ㄟ當用『天眼』偷看牌啦！」

嗚嗚嗚，阿婆啊，拜託妳跟我講電話要專心，不要趁機偷看牌啦！

『阿公挫伊出去啦，去收鬼啦！阿公麻無帶手機仔，妳卡晚再卡！』阿婆聽起來心急如焚，已經巴不得衝回牌桌上了。

「阿婆！休蛋欸！叔叔呢？」我可沒忘記學長那位演技精湛的假乩童叔叔。

『啊？伊去日本啊啦！丟啊捏喔，再見！』喀啦一聲，阿婆掛上電話，一定飛也似的奔回牌桌。

搞什麼鬼啊！去收鬼！去收鬼幹嘛不帶手機！叔叔沒事出什麼國，還去日本！現在事情大條了，難道沒人知道嗎？阿蓮那死小鬼不是多少能預知事情嗎？怎麼就沒算到我現在倒大楣了？

我跟一個死人租了一間全是魍魎鬼魅的房子啊！

不行，再這樣下去我一定會出事，我八字再重，媽媽它們再強，也敵不過一群懷有怨恨的厲鬼！當年在宿舍時，我差點就被拖進血水裡淹死，那時只有一隻鬼，現在起碼是一個師，好嗎？

而且天曉得我租的那一層樓發生過什麼事！房東（活著的）只說他父親從小就告誡他們不得靠近那一棟的頂樓，長年帶鎖，就是不得進入，唯一的鑰匙也只有父親有，死之後還陪葬……

陪葬就陪葬，幹嘛重出江湖開鎖出租啦！真是害死我了！

不行……我得快點搬救兵，阿蓮那小ㄚ頭要是不幫我，我一個人一定應付不了。

我緊急打電話跟學長聯絡，他又沒接，我只好留言，留得火燒眉毛、十萬火急，拜託他無論如何一定要到台北來幫我！

然後我跟打工那邊請了假，今天的課也決定蹺掉，我哪有心情做別的事啊！但就在我要推開電話亭玻璃門的那一剎那，我身後的公共電話響了。

鈴——公共電話的鈴聲跟家裡那台電話一樣刺耳，刺激著我全身上下每個毛細孔。

我還不知道台灣有那麼先進，可以打到公共電話來給我……

「喂。」明知是誰，我就沒必要閃躲。

『帶我們走……求求妳！不要再扔下我們了！』電話那頭是年輕女子哭泣的聲音，『小美！求求妳！』

喀嚓！我飛快的掛上電話，那哭聲淒厲悲苦，聲音穿透過我的腦門，讓我渾身不舒服。

尤其我最恨從它們口中逸出的叫喚，它們叫喚著我的名字，是那麼的自然熟悉！不管是親柔的自然、怨恨的自然，抑或是哀求的自然，這股自然都讓我覺得毛骨悚然！

那些鬼魂到底在找誰？為什麼偏偏找到我？它們口裡呼喚著我的名字，感覺跟我很熟似的，問題是我跟任何一個陰界的人都不熟！
明知道事有蹊蹺，可是我卻什麼都摸不著頭緒，這樣下去，一定會出代誌的！

第六章．陳小美

我千盼萬等，終於等到學長了！我騎車到車站等他，雖然一個人孤伶伶的坐在車站裡，但等多久我都願意！

而且嚴格說起來，好像不是孤伶伶一個人……我朝旁邊看去，女孩坐在一邊看雜誌，一副悠哉悠哉的模樣。

就在我倉皇失措的逃離電話亭時，前頭竟然站了那個三樓的女孩，她說她怎麼想怎麼怪，為什麼以慈祥著稱的房東伯會刻意把那種房子租給我，而那些好兄弟為什麼又要找我麻煩。

我跟她說我沒時間搞懂這些邏輯，我還有事要處理，她就亦步亦趨的跟著我，問了一大堆問題，結果她一聽到萬應宮跟學長的事，竟然二話不說，說要陪我到底，順便還要學長幫她弄張平安符來。

好奇？她跟我不是同一種人！絕對不像！因為她會被鬼壓床、感受得到飄來飄去的它們，絕不是天不怕地不怕那種型的女孩，那無緣無故幹嘛扯進這種事？

結果她說了，因為她體質虛，有時又會遇到，她感覺我頸子上的平安符挺強的，定是出自高人之手，所以她帶著崇拜般的眼神拜託我，希望能幫她求到這樣的平安符。

在車站聊了個把個小時，搞半天這個女孩根本是個亂迷信的傢伙，北部的廟她全都拜過了，身上一堆平安符都可以擺攤賣了！

「我跟妳說喔，等一下來的是我男朋友，不是什麼活菩薩喔！」我鄭重宣告，因為她聽了阿蓮的事蹟後，就奉她為菩薩！

「不會啦，小美學姊！」她甜甜的笑了起來，誰都看得出她興奮的模樣。

「別叫得那麼親暱，我會起雞皮疙瘩！」我顫了下身子，看著這個研究所一年級，機械系的慧文。

其實她也沒什麼心眼，只是單純想求個有效的平安符，再減低自己的敏感度而已，而且在聊天時，我發現因為她的迷信，所以有很多理論非常好用，加上理工科系的人邏輯概念爆強，還幫我分析了局勢。

像她覺得如果真的有那麼多好兄弟的話，為什麼大家住在那連棟公寓都沒事，獨獨我會出事？而且有人指名我是背叛者，是不是我前世曾經做了什麼事？然後有人請我帶它們走，這關係到我前世的身分、最後是電話中的老者，感動的說我回來了，就證實了它們是認識我的！

「所以？我前世孽今生還？」我重複了她的話。

「對啊！一向都這樣，這一大群好兄弟一定跟妳前世有關係，大家都認得妳，在等妳回來！」慧文說得頭頭是道，「有仇報仇、有恩報恩啦！」

「報妳個頭！」我沒好氣的唸著。

我前世是造了什麼孽啊，怎麼福無雙至，真的禍不單行？

「這種事要心懷敬意，不得不信喔！」慧文邊說，還雙手合十的膜拜著，「像我啊，就對這些好兄弟啦、神啦、守護者們都很虔誠！」

「我對我的守護靈也很虔誠啊！」因為全是我最親愛的家人嘛！

「學姊妳信守護靈？！」她瞠目結舌，非常沒禮貌的看著我。

「廢、話！我的守護靈有九個！而且幾乎都是至親！」

「哇……還知道身分耶！真好！」慧文眨了眨眼，一臉欽羨的樣子，「像我啊，用靈擺測過，似乎只有一兩個……不過好像也是親人喔！」

「真的假的？妳的是誰？」跟慧文說話，真的有『知音』的感動～

「我看不清楚模樣，不過……應該是我的外曾祖父吧！我看過他的照片，有些特徵很像！」她嘴角洋溢出溫暖的笑意，「我有時候化險為夷，都隱約看到一位老者的身影！」

「看照片……哦，他在妳很小的時候就過世了喔！」

「不……」慧文竟然搖了搖頭，「我出生前他就不在了！我們家很多人不是早死就是失蹤，我阿嬤失蹤、我叔叔也失蹤、我舅舅是意外……噯呀，反正我都只能看相片認親戚呢！」

哇哩咧……是你們家族命帶塞吧？不是早死就失蹤？該不會連身邊的人一起衰到吧？我扁了扁嘴，偷偷往旁邊挪開一點點。

慧文開始跟我說一些家族背景，她們家後來也覺得詭異，所以養成動不動就求神問卜的習慣，也因此……造成這位可愛的女孩，年紀輕輕就瘋狂的迷信！聊著聊著，不知不覺中客運進了站，我焦急的衝到前方去等，果然瞧見了一身軍服的學長走下了車，一見到他，我什麼擔心害怕全放下了，直直衝到他身邊去！

「噯呀！」還沒來個親密擁抱，我的頭就被敲了！「你幹嘛！」

「還有臉問我？我早就想這麼做了！」學長瞪著我，哈了哈拳頭，「這一切都是妳咎由自取！」

嗚……幹嘛那麼兇啊！我撫著頭，自知理虧，也不敢多吭半句，一切都肇因於我租這便宜的房子，把他的話當耳邊風。

「連阿蓮那沒幾歲的女娃都在唸，說妳活該！」學長又敲了一下，「阿公則搖搖頭，說搞不清楚妳命格！」

哼……現在有求於人，我得乖乖的。

「學長好！」慧文站在前頭，禮貌的打招呼。

「嗯，妳好！這是妳的平安符！」學長拿出用她生辰八字配的符，是我拜託阿蓮開的，「我們快去解決吧，解決完我想睡覺……」

「你這樣出來沒事吧？部隊裡會不會說話？」

「特別假！」學長聳了聳肩，「好歹我幫部隊不少忙，這點通融是簡單的！」

幫不少忙……是啊，我聽說軍隊中的阿飄非常之多！學長好像累了個半死。

「阿蓮還有說什麼嗎？扣掉罵我那部分！」我怯生生的問。

學長又白了我一眼，感覺他還是很不高興，他從背包裡拿出一個用塑膠袋包得死緊的銀色手鍊，上頭滿是鈴鐺。

「這是阿蓮跟小鬼聯繫用的，她要我拿給妳……不要搖！先收在口袋裡，必要時再拿出來用！」學長頓了一頓，看向慧文，「學妹，妳有看到她四周有什麼嗎？」

「喂！哪有人這樣問的啦！」我跳了起來，皺起眉頭抗議。

慧文還真的給我左看右瞧的，非常仔細的端詳了我好一會兒，幸好最後她是搖了搖頭，說沒有。

呼！好哩加在！

「阿蓮說妳多了一個守護靈。」學長從嘴裡緩緩吐出這幾個字。

咦？我全身的血液瞬間從腦子中退去，手邊一陣發涼，無緣無故……為什麼我的守護靈又多了一個？守護靈多半是我死去的親人或祖先，兩年前室友小珍死亡後自願成為我的守護靈……

現在又是誰！又是誰出事了！

「不——」又是一模一樣的情況，我不要！「我已經叫她走了，不可能會出事！學長！看清楚，是不是玉亭？就是一個長頭髮、看起來很乖的女孩子！」

「小美！妳冷靜點！」學長急忙抱住我，「不是妳現在身邊的人！阿蓮說是穿著紅色衣服的女孩！」

紅色衣服的女孩？一瞬間，我突然想到昨夜床底下那雙冰涼的手，那抹為我驅趕惡鬼們的紅影！

「昨晚有個紅影……那是我的守護靈？」的確，那影子竄出去後，外頭就沒有那麼駭人的鬼部隊了！

「阿公說，那個守護靈是自殺者，必須受苦刑，她來守護妳這一世！」他認真的看向我，「妳知道是誰了吧？」

咦咦咦？我瞠圓雙眼，嘴巴張大得絕對可以塞得下一顆大蜜梨！紅色的衣服、自殺者，在我人生中只有一個人！

「徐怡甄學姊！」我尖叫起來，就是兩年前那個為愛瘋狂的厲鬼學姊？

「妳昨天有祭拜鬼神對吧？她是受到召喚前來保護妳的！」學長放鬆一笑，「妳對她有恩，她來守護妳是理所當然的！」

「可是……」我怎麼有點搞不清楚，學姊不是因為自殺又間接害死兩條人命，所以下地獄去受苦刑嗎？

「別可是了，妳招惹了大麻煩！妳住的那邊有一大票孤魂野鬼，有想要離開的、有懷抱怨恨的，有在找人的，每一個都有目的啦！然後——妳就是它們的目的！」

「啥？干我屁事！」我跳了起來，這根本說不通！

「它們嘴裡眼裡心裡都在找小美，就是妳了。」學長再度無奈的嘆了一口氣，「雖然很麻煩，但是現在脫不了身了，我們得快回去，把神壇架起來！」

「我哪會架什麼神壇啦！」我急得扯著學長，越說越離譜！

「我們那邊都是學生，沒有神壇的道具。」不愧是宗教狂，慧文好像知道架神壇需要什麼似的！

「嗯，好像不是架……」學長蹙著眉，思索了一會兒，「是！是找！阿蓮說妳很忙，又要找東西了！得快把神壇找到！」

找神壇？那邊怎麼可能有這種東西啦！

「別擔心，我哥在台北，他跟陰界有聯繫，所以我找他來幫忙了！」學長安慰我，我是沒見過學長他哥，但是我祈禱他也很厲害。

據阿蓮說，我必須去找到所謂的「神壇」，我那棟鬼屋有那種東西存在嗎？而且沒方位沒方向的，阿蓮說話幹嘛不清不楚，每次都來個「天機不可洩露」！

我們回到家時已經天黑了，慧文在逼近房子前突然變得有些嚴肅，手中握著頸子間掛的平安符，神經緊繃。

我們徒步彎進這僅有一盞破路燈的巷子裡，昏黃的燈光勉強照耀在長長的巷道內，我肚子有點餓，跟學長小聲抱怨著，他卻神色凝重的叫我不要吵。

兇巴巴！反正家裡還有泡麵、零食加餅乾，只是我想吃炸雞排嘛！

「啊！」走在一旁的慧文突然倒抽一聲，有些驚恐的環顧四周。

「噓！」跟著是我左邊的學長低喃一聲。

結果我還沒問什麼事，我正上方的路燈啪嘰的暗了！而且這一暗可徹底了，一整排連棟公寓暗得乾淨整齊，彷彿大停電！

「停電了耶！」我看著伸手不見五指的黑夜，「學長！」

「噓！」學長忽地狠狠抱著我，而我另一隻手被慧文勾著。

幹什麼這麼凝重？我狐疑的左看右瞧，除了一片黑之外我啥都看不見，可是我聽得見學長沉重的呼吸聲，慧文嚶嚶的低語，還有我快被掐到麻掉的手。

「對不起……」黑暗中，我的正前方，突然傳來一陣呼喚。

「哇啊啊啊——」我拔聲尖叫，跳了起來，「幹什麼啊！」

學長手一勾，把我往後拉，同一瞬間，路燈突然啪啪的亮了，以極為暗淡昏黃的光線重現，但足以讓我們看清楚出聲的人是誰。

是個老伯伯，一個比過世房東伯還老的伯伯，他一臉慈眉善目，駝著背，嘴角邊有顆又大又黑還長毛的痣，一副老態的站在我們面前。

「阿伯！人嚇人會嚇死人的！」我大力拍著胸脯，驚魂未定。

「對不住啊……我是在找人！」老伯連聲抱歉，操著外省口音。

「找誰啊？這麼晚出來找人很危——」我話沒說完，學長扯動我的手臂，把我往他身後推去。

怎、怎麼？學長怎麼一副要幹架的樣子。

「小美學姊……」慧文緊縮在我背後，眼睛根本沒睜開過，「什麼東西啦……」

「欸……妳繼續閉著眼睛好了……」這是良心建議。

「有事？」他的聲音冷凝，連我都嚇了一跳。

「我找我女兒！」老伯持續笑著，「叫陳小美，您有看過嗎？」

啥米？陳小美？我就是陳小美啊，可是我爸爸還健壯的健在喔！

「沒見過。」學長淡淡的回應，「您可以走了。」

「可是……你身後的女孩不就是小美嗎？」老伯的聲音裡帶了絲怒氣，「小美啊……妳都回來了，為什麼不來看爸爸呢？小美啊……」

「啊！你是那天半夜打電話來的傢伙！」我記起那個聲音了，「學長，他用我沒接線的電話打給我！」

學長側首，狠瞪了我一眼，「在場現在也只有妳認為他是人。」

我……我咕噥著，連一旁的慧文都點了點頭，她也知道老伯是鬼了！拜託，我看得到已經很讚了，哪分得出來啊！

「小美，是爸爸啊！」老伯堅持不肯離去的樣子。

「你不是我爸爸，你認錯人了！」我一步上前，把學長推到旁邊去，「我爸爸在工作，人非常健康！你去找你的陳小美啊！」

「不是……妳不是？」老伯一臉不相信的責備樣，「妳怎麼可以這樣呢？小美！」

「我不是！」我再次否認，「我沒時間陪你耗了，我要找神壇啦！」

「不行！妳不能起神壇！」老者一瞬間變得十分猙獰，「我絕不許妳再起神壇——」

電光石火間，老者朝我衝過來，而學長也朝我衝過來，他忽以身擋在我之前，手持一串佛珠，喃喃唸出我沒聽過的語言，朝著老者一揮，路燈登時轉亮，巷子裡再無任何人影！

哇喔！我看著學長，我看過他對著角落或是哪裡喃喃自語過，但是就沒有一次覺得他這般帥氣！

「妳這個——」下一秒，學長轉過來，怒氣沖沖的敲了我的頭，死了！我又要被唸了！

「沒人教過她不要回應鬼的呼喚嗎？」涼涼地，還帶著笑意的聲音從後頭傳來。

我們兩個女生立刻戒備起來，咻的躲到學長身後！結果來的人也是個長得很帥的帥哥，手上提了一袋東西，長得跟學長幾分神似，很討厭的比學長高了一點點，穿西裝打領帶，看起來像社會人士。

「哥！」學長喜出望外的叫了出聲。

「昕宇，你這女朋友真特別啊！」男子走到我面前，搖了搖頭，「嘖嘖，難見的韌命種！」

「喂！說話客氣點！不是每個女人都像你女友一樣，對陰陽鬼界那麼瞭解！」學長把我拉上前，「小美，這我哥，叫賀正宇！」

「哥……哥好！」我禮貌的敬了個禮。

「別問好了，我們沒多少時間，速戰速決吧！」賀正宇掃了一下這裡的環境，再仰頭看向了我住的屋子，「有夠多……就算阿蓮來也不一定有辦法！」

「哥，查過是怎麼回事了嗎？」學長心急的上前探問。

「查過了！這群人被封在這裡，鬼差也很頭大！」賀正宇朝著我瞥了一眼，挑起一抹笑，「它們在這裡徘徊數十年，就是在等陳小美！」

「啥？」我愕然失聲，再說一次，到、底、干、我、屁、事！

「就是找辛酉年九月二十九日巳時出生的陳小美！」

辛酉年九月二十九日巳時出生？靠！還真的是我！

事情發生在八十四年前，有個辛酉年九月二十九日巳時出生的女孩，好死不死就叫做陳小美。她長得既不如花似玉、也沒有什麼富貴背景，她單純的只是一個普通女孩，一個八字比別人重很多的普通女孩。

因緣際會下她接觸到陰界鬼物，就仗著她與生俱來的優勢，開始深入與魍魎鬼魅們交集，她甚至起了神壇，養了許多鬼，做起許多見不得人的生意。

她幫人養鬼致富、也幫人養鬼害人，那群鬼聽她的號令，縱橫在模糊地帶；但是她知道養鬼要付出的代價，風險也很高，所以她靈機一動，決定養一種不會反撲的鬼。

她攔住剛死去要升天的靈魂，攔住含冤徘徊的靈魂，全部囊括到手，用術法控制它們，對於要升天者給予希望，說只要在人界再做些什麼事，就能到西方極樂世界。

對於自殺而死的靈魂，告訴它們她能帶領它脫離地獄，重獲新生；對於抱冤而死的靈魂，則告訴它們她能幫它一吐怨氣，或是讓它們變得強大到足以報復。

眾多謊言，只是為了讓這些靈魂對她死心塌地，它們期待她的諾言成真，所以這數量龐大的靈魂將她視為唯一真主，跟隨她、幫助她，一直到某一天。

消失了，陳小美就這樣消失了，她宛如人間蒸發般，沒有留下任何線索，連靈魂都遍尋不著。

她應該是為了逃避養鬼的反撲，據行家說，施術者都會遭到強力的反撲，像下咒之人，也會得到報應一樣的道理，所以真正厲害的人，會設置替身來讓自己逃避這樣的咒法反動。

而那位陳小美因為下了太多咒、用不正當的手法養了太多的鬼、獲得太大的利益，那股反撲已經不是設置替身可以躲得掉的了！所以她採取的是遮去自己的靈光，封閉靈魂，讓那些鬼遍尋不著，好讓自己能躲掉一切現世中的報應。

但那些無知的魂魄們就等著，等著，一直等著陳小美的歸來。

「然、後、呢？」我非常不願的指著我自己，「我像那個陳小美嗎？」

「它們對於陳小美只看得見她的魂光，妳跟那位陳小美不謀而合。」賀正宇竟然聳了肩，「算妳倒楣？還是該說這是天意？」

啊啊！夠了！我氣得在慧文房裡走來踱去，這才不是天意咧，是那個死掉的房東伯故意的，它故意把屋子租給我……還有那張出租單，說不定黏上我的小腿也不是偶然！

我是招誰惹誰啊！「天哪！該不會我就是替身吧！」

「哥，那個陳小美沒死嗎？」學長把我拉下來。

「沒有，這我確定。」

「你怎麼這麼肯定啊？」慧文好奇的幫我問了！

「我去過鬼都一趟，我確定她尚在人世，還沒進酆都城。」賀正宇輕鬆寫意的說出讓我們瞠目結舌的話。

進酆都？那不是人死後才會去的地方嗎？敢情學長的大哥把那裡當家樂福，愛進去逛就進去晃晃啊？

「哥跟酆都有段因緣，所以他滿容易進去的……跟體質也有關啦！」學長敷衍的帶過，抬首看向樓上，「所以樓上的東西，都是那位陳小美種的因？」

「沒錯，鬼差對上面的靈魂也很頭痛，它們被咒法鎖住，鬼界有鬼界的法，很多事情還是得按部就班！一日不解放它們，它們一日不能進酆都報到！」

「鬼界的法？」慧文又問。

「是啊，陰界的法則確實清楚，可比我們人類的法嚴謹多了。」賀正宇笑著，笑裡帶著點若有似無的嘲諷。

「不管啦！那我現在怎麼辦？」我才是重點吧！「要怎麼把那些人弄走？還是要舉行什麼法會？」

「再大的法會也沒用，解鈴還須繫鈴人。」學長說了句廢話。

「繫鈴的人已經不知道死到哪裡去了！」我不耐煩的跳了起來。

結果學長跟賀正宇相視一笑，然後不約而同的指向我——好啦，我知道我的「靈光」跟那個殺千刀的「陳小美」一樣！

「一般來說，得先找到綁住它們的神壇。」

「我房裡沒那種東西！」那麼大的東西，我又不是笨蛋，哪會看不見。

「嗯……它們一定知道吧！」賀正宇不愧跟陰界的人很熟，已經想跟鬼打交道了。

「那怎麼辦？問它們嗎？要怎麼問？我八字這麼重，根本連看都看不見……」

一瞬間，我突然瞥到坐在一旁的慧文，「慧文，妳八字多少？」

「二……二兩……一？問這個幹嘛？我可沒陰陽眼！」

我簡直喜出望外的衝向她，「可是我們只要有心溝通，對方講話妳就一定聽得見對不對？」

「是、是嗎？」她恐懼的看向我，飛快的眨動睫毛。

「是妳聽得見！」學長開了口，「因為它們會直接上她的身，跟妳溝通！」

咦？我怔了怔，狐疑的看向學長，再轉頭看向一直很輕鬆的賀正宇，他也認真的朝我點了頭。

「這方法不是不可行，跟乩童一樣，慧文同學的素質倒是不錯。」賀正宇上下打量了慧文，「至少問出神壇在哪，接下來的步驟就容易多了！」

是啊……跟乩童被上身一樣，直接跟那些人、那惡臭男對話，就能夠知道它們要些什麼、它們的靈魂被禁錮在哪裡……那個要命的神壇被藏在什麼地方……

可是，慧文是人！她不是乩童！

「不行！絕對不能這麼做！」一股無名火竄了上來，「不能夠讓慧文去冒這種險！」

「小美？」

「你們不知道……一般人跟乩童是不一樣的！以前徐怡甄學姊附在別人身上，是拿美工刀殘殺那個人的身體！萬一慧文出事怎麼辦？」

學長皺起眉，不再多語，只是摟過我！他知道兩年前的事對我傷害有多深，我一再的看著同學與教官被附身，一再的阻止她們被戕害……一旦被怨魂控制住身體，就會發生料想不到的事！

「問題是妳知道神壇在哪裡嗎？」賀正宇的聲音冷冷的，質問著我，「這是最快的解決方法，我跟昕宇會保護慧文，至少比沒完沒了來得好！」

「我說不行就是不行！」我不由自主的咆哮起來，「當初那個陳小美利用鬼慘遭報應，現在要我利用人嗎？」

不管是利用人或是鬼，做哪一種事都會有報應的！

賀正宇沉默了，我不知道他是認同我的話，還是不想跟我爭辯，但是他不再堅持利用慧文去冒險。

我不能說他錯，生在那種家庭，魍魎鬼魅見多了，乩童附身也見慣了，這就是他們處理事情的方式；但是我不是他們家的人，對我而言，我不會利用任何人去面對可能有的危險！

「那……還是速戰速決吧。」學長拍了拍我，「樓上有人的氣息。」

嗯？人？誰啊？小偷嗎？算他倒楣。「啊……是不是一個長頭髮的女生？早上騎摩托車出去那個？」慧文接了口，「她身後有跟東西喔！」

什麼！我顫了一下身子，她說的該不會是玉亭吧？玉亭離開這裡時已經被附身了？

所以……玉亭被那些鬼驅使回來了！

第七章・血債血償

毫不猶豫的，我一馬當先衝出慧文房間，往樓上跑去！

「小美！妳能不能冷靜——」我聽見身後學長的呼喚聲，「徐怡甄學姊！」

嗯？話音方落，我身邊竄過一陣紅影，咻的直直飛了上去。

對齁，徐怡甄學姊是我的新守護靈，我好像還沒釐清為什麼明明應該受苦刑的她，會跑來當我的守護靈？

嘖！這個下次有機會再問阿蓮啦，我腦子沒空想那麼多！我啪的衝上樓，一踩上平台時又刮來一陣風，日光燈照舊閃爍不已，非常遺憾，這個已經嚇不了我了，我這輩子被閃夠啦！

我虛掩的房門業已大開，這比閃爍的燈光還讓我嚇了一跳，我未加狐疑的衝了進去，裡頭不但開著燈，玉亭的床上還坐了一個人。

「……玉亭？」我狐疑的看著她，「妳回來這裡幹嘛！」

「小美……」玉亭聞聲，幽幽抬起頭來，「我在等妳！」

「等我做什麼！妳知不知道現在事態很嚴重？妳沒事跑回來幹嘛！」我邊吼，邊拉起她往外跑，「妳這種體質的人麻煩遠離這裡，我已經請專家來——」

玉亭的手好冰。

她的手不但很冰，而且她的臉上罩著一片森寒慘綠的青光。

「妳總算是回來了……」她翻白的眼向上看了我，發出一股惡臭味，「我等妳很久了，陳小美……」

這、這是誰啊！我嚇直了身子，這酸臭味非常熟悉，該不會就是那個對我懷有敵意的男人吧！玉亭果然是被驅使回到這個她最害怕的地方！

「小美學姊！她被附身了！」一陣驚呼從我身邊傳來，慧文指著玉亭嚷著，「她身後有個黑影！」

走！這是我心裡想到的第一個辦法，三十六計走為上策，因為我對人類完全沒有辦法，更別說是玉亭了！慧文拉著我回身就跑，後頭卻啪的一掌過來，玉亭狠狠的拉住了我的手。

「想離開，沒有那麼容易……」玉亭陰慘慘的笑了起來，「把我們的靈魂放了！」

玉亭的右手指甲完全陷入我的手臂內，痛得我哀哀叫，我知道她被附身了，我知道她是被那個恨我的男人控制住，但是她外表就是玉亭啊……我能拿她怎麼辦！

「你認錯人了！你這個白目鬼！」我使勁想抽回自己的手，「我不是那個陳小美！」

「妳這個把我們扔下不管的賤人，妳欺騙了我們！跟我們一起下地獄吧！」下一刻，玉亭的嘴竟然撐得快跟黑洞一樣大，彷彿想把我頭給吞沒似的誇張！「血──債──血──償──」

怎麼辦……學長！阿蓮！我突然想到鈴鐺，趕緊伸進口袋一摸，唰的叮叮噹噹的拿出來。

鈴鐺一發出聲響，玉亭立刻停下動作，當我在她面前搖晃時，她竟然嚇得放開了手，臉色死白的往後退去。

阿蓮這小鬼果然有用！

「召喚鈴？」玉亭雙眼綻出青色光芒，狠瞪著我，「事到如今，妳還想要控制我們？」

啥咪？你說什麼我聽不懂啦！我緊握鈴鐺，推著慧文往外衝，明明近在咫尺的門，怎麼這麼難突破重圍？

就在我們要衝出去的前一秒，那扇應該已經快報廢的門竟然砰的關上了！

伴隨著尖叫，慧文緊扣我的手臂，哇、哇哩咧！這是什麼啊？我的鎖明明已經壞掉了，這扇門是怎麼關起來的啦！那個喇叭鎖還掛在那裡，為什麼門就是扣得死緊？

門外面突然傳進吵雜的聲響，外頭彷彿在遊行似的紛擾，許多的聲音交雜著，還有那我曾聽過的惡夜踏步聲！學長！學長他們兩個還在外頭，那外頭不是有一堆……

「學長！」我用力拉住明明壞掉的鎖頭，卻怎麼也開不了門，「學長！」

「小美學姊……我覺得……」靠著門的慧文用力扯著我，「妳要不要先把房間裡的事解決比較好？」

房間裡的事？

果不其然，玉亭早就不知道怎麼跳躍到我床前，正對著我，她手腳扭曲得詭異，一副想要撲殺過來的狠勁。我不得不轉身面對敵人，貼著門板的背已被冷汗浸濕！

「那個……我真的不是之前那個陳小美！」我非常認真誠懇的再溝通一次，還帶著微笑，「你認錯人了！事隔這樣久，我有可能會這麼年輕嗎？」

「我們為妳做牛做馬，妳竟然控制我們的靈魂，操控我們的升天，然後一聲不響的消失……把我們扔在這裡，成了連酆都都進不了的孤魂野鬼……」玉亭的聲音終於轉為男人的聲音，「我知道妳是什麼心態，妳說的全是謊話，妳根本無法幫助我們——」

啪的縱身一躍，玉亭竟然飛撲過來！

是哪個人說微笑是最好的溝通語言，簡直是放屁！

我為什麼要承擔那個陳小美的罪愆？她養的鬼、她犯的罪，所有的反撲應該是歸到她身上，為什麼是由我來頂罪！

我才不要當替身！哇啊啊……我拚命搖鈴，可是卻一點用都沒有！轉眼見無路可退，我拉過慧文，緊護住她——不甘我的事、根本不甘我的事！

突然一股風從我肩頭掠過，我感受到一抹模糊的影子擋在我面前，甚至擋掉了玉亭的攻擊！蹲在地上的我趕緊睜開眼睛，我期待看見媽媽或是奶奶它們，這種危急情況，我通常都能……

「不准你動我的小美！」老人家緩緩的說著。

站在我面前的是一個陰惻惻的老者，一個老伯伯，剛剛在路燈下呼喚我的人。

「老頭子！閃開！這賤女人禁錮了我的靈魂、欺騙我們為她做事，還不超渡我們就消失，這種女人被四分五裂也是應該的！」玉亭恨意延燒，燒得我超級無辜！

「再怎麼樣，她都是我女兒……」老人家一字一字的說著，「我不許你傷害我女兒……」

喂喂喂！飯可以亂吃，女兒不能亂認啊！我已經有爸爸了，而且爸爸還活得好好的喔，這個老人家沒有必要半路亂認親戚吧？

「小美學姊……這個人是不是正牌陳小美的爸爸？」慧文從我臂彎中偷偷唸著，還是不敢抬頭看！

「什麼正牌陳小美？我才是好不好？」我咕噥著，在我眼前的老人家只是一團淡淡的白影，若不是聽見聲音，我還不知道就是路燈下的那個人。

「不要再計較這個啦！現在只要叫陳小美的都有事啦！」慧文竟然不耐煩的捏了我一下，「小美學姊，妳快把事情搞定啦！我幹嘛捲進這件事啊！」

「老頭子，你不正是你女兒第一個試驗品嗎？死了這麼久了，骨頭都乾了，還沒升天投胎，全是你寶貝女兒害的，你不怨她嗎？」玉亭啪的指向我，「把她殺了，大家就自由了！」

有話好說……有話好說！尤其在你們幹掉我之前，可不可以先搞清楚我是年輕貌美、如花似玉的陳小美啊！

不過他的話讓我更加確信，天殺的陳小美還沒掛，因為施術者尚未死亡，她又未曾解開法術，這些亡靈們才會被囚禁於此，無法離開……所以它們要殺掉我，讓自己自由！

讓它們自由沒有別的法子嗎？非得殺掉我嗎？這跟古代苗疆下蠱還頗類似的嘛！

「我說過了，再怎樣她都是我的寶貝女兒！」老頭子喝令一聲，倒也有幾分威嚴。

「我也說過了，我不是那個陳小美！我也不是你女兒！」我一步上前，穿過那團白影，「一定有別的方法可以解放你們的，告訴我神壇在哪裡！」

我不知道我說錯了什麼話，但是我發誓我看見玉亭身上竄起的黑色火燄。

而且外頭紛擾的聲音霎時停止，整個世界變成一片鴉雀無聲。

「不准……妳再起神壇……」連我穿過的白影都開始低聲咆哮。

外頭倏地傳來尖聲的哀名嘶吼，一群鬼哭狼號似的慘叫無止盡的響起，在門之外歐斯底里的喊叫著！

而門內的玉亭那張臉逐漸轉為深綠色，雙眸帶金光，那張嘴朝著耳下開裂，嘴裡瀰漫出黑色的氣絲，身上的肌膚開始轉綠潰爛，十隻手指上的指甲迅速發黑增長，宛若伸出十把利刃，準備將我生吞活剝！

「我……我好像說錯話了……」我戰戰兢兢的退後，重新貼回門板，「怎、怎麼辦？」

「小美學姊……」慧文一陣哀鳴，開始回身用力敲打門把。「救命啊！救命啊！」我也跟著回身，死進敲打著門，伴隨著清脆鈴鐺聲，「救命！快點開門，快點救——」

啪！門突然應聲而開了，完全無聲無息！

我跟慧文還差點被打開的門撞到，兩個人連發愣都沒時間，直接手拉著手，就拉開門衝出去；學長跟賀正宇兩個人看起來非常緊張，而且手上都拿著法器，似乎跟外頭的陰鬼們纏鬥了一陣子。

「小美！」學長急急忙忙的拉過我，「裡面怎樣了？妳有沒有事！」

「沒……我沒事才怪！」我焦急的攀住了他，「學長，它們要殺掉我讓自己自由！快點，有沒有別的方法！」

「神壇呢？妳找到了沒有？」賀正宇回首嚴正的問我，我根本來不及阻止。

好了，禁語一出，外頭的風開始劇烈的猛刮，走廊上那五間房門的門板砰砰砰的開合，撞個不停！

「它們對神壇有意見！一聽見就抓狂！」我注意到往下走的慧文，「妳去哪裡啦！」

「回宿舍啊！我也是很容易被上身的體質耶！」慧文哭喪著臉。

「妳現在下去只會另闢戰場而已！」賀正宇一把把她逮了回來，我才注意到學長跟他手中都拿著法器，對著這層樓作法。

我看不見看不見！我只聽見令人毛骨悚然的鬼哭神號、只感受到強勁的風。

等等，我是不是忘記什麼了？

「陳——小——美！」傳來一陣怒吼，一個身影衝了過來。

學長以迅雷不及掩耳的速度推開了我，但是玉亭卻不偏不倚的撞上學長，將他直直往走廊裡撞！而走廊底那間房的門忽地自動敞開，學長就毫無阻礙的往那間房裡去！

「不！」我失聲尖叫，衝上去要阻止，「住手！擋下他啊！」

說也奇怪，餘音未落，原本速度順暢的學長突然間停了下來，彷彿有什麼東西真的擋住了他。

「搞什麼東西！事到如今，你們還聽她的命令？」原本趴在學長身上的玉亭咻的跳起，張牙舞爪的對著空氣叫罵，「你們是瘋了嗎？」

不不不，嚴格來說，你們不是瘋了，是死了。

藉由惡鬼的話，我終於發現到了端倪，我看著右手緊扣著的鈴鐺，這只阿蓮拿來跟「小鬼」說話的東西……剛剛那臭鬼說什麼來著？召喚鈴？難道這是專門使喚鬼的鈴？

哎呀！所以剛剛我在敲門時搖出了鈴聲，嚷喊著開門，存在於這空間的魍魎鬼魅們就幫我開了門？學長差一點被拉進房間的剎那，我也動到了鈴鐺，下了令……

那位天殺的陳小美所養的鬼眾，還是有人聽令行事的！

「大哥，這玩意只要搖一搖再下令就好了對不對？」我靈機一動，把鈴鐺套進手腕裡，「我命令你們，把那惡鬼從玉亭體內逼出來！」

「等等！使喚鬼是要付出——」賀正宇說到一半，我已經喊完了，「算了！」

他看似無力的搖了頭，我也沒聽清楚他說什麼。

只見玉亭突然一陣驚恐，她扭曲著身子大喊住手，好似有許多手由後架著她；而躺在地上的學長一直沒有動靜，映在我眼簾的景象就只有如此：我身後的慧文，左前方屏氣的大哥，還有走廊底的玉亭與躺在地上的學長。

這樣五個人，到底在跟什麼東西戰鬥？我到底在跟什麼東西拚命啊！

「媽媽！」我高聲呼喊起來，「別讓玉亭或學長的靈魂被拖走！」

我開始發冷！開始感到心驚膽顫了！兩年前的事情歷歷在目，我在浴室裡一再的受到攻擊，護著我的室友也是這樣昏迷過去，然後就再也沒有醒來過。

我就算拚了命，也不讓任何一個人再從我身邊犧牲！

「啊——」一陣哀嚎傳來，玉亭的身軀應聲倒下，趴上了學長的身。

賀正宇立刻衝上前去，一把拉過玉亭，再拖過學長，遠離走廊上那五間包圍著他們的房間；我趕忙奔了過去，確定學長跟玉亭的生命跡象都屬正常，讓我不由得鬆了一口氣。

「小、小、小、小美學姊……」遠遠地，有個細微的聲音傳來，「妳、妳要不要解決一下這個情況再去做別的事啦！」

咦？我往樓梯口看去，貼在牆上的慧文恐懼萬分的看著我，然後全身不住的顫抖。

「它們都圍過來了啦！」在慧文尖叫出聲的瞬間，我感覺到沉重的壓力登時湧來。

噠噠噠噠——碎步聲一清二楚，就在我的耳邊，而且由遠而近，那數量之龐大，我嚇得幾乎不敢回頭。

「妳的召喚鈴奏效了。」賀正宇沉下臉色，「所有的亡靈都來了。」

「下次麻煩阿蓮給我東西時，先教我怎麼用好嗎？」我在心裡頭咒罵著，一雙手緊緊的握著學長。

「我得護著他們。」賀正宇擰起眉頭，「那邊那個女生再不去保護，會出事！」

為什麼我這麼倒楣啊！我也想被大哥護著，我不想衝進圍繞在我身邊的腳步聲裡，但是慧文就在那邊求救，我的腳就是不聽使喚！

我沒有時間猶豫的站起身來，直直朝著慧文那邊衝過去。

同一時間，我的腳踝被人扣了住，嚇得我膽子都飛了，尖叫聲卡在喉頭發不出來。

「小美學姊……」玉亭坐了起來，「回房間！快點回房間！」

妳在說什麼啊？我狐疑的看著她，但是玉亭的眼神很正常也異常堅定，站起來催促著我往前走。

不知道為什麼，我竟然聽了她的話，往前衝拉過慧文，三個人又一起鑽進房間裡。

我好累，累得在一層樓跑來跑去，結果還不知道自己到底在忙些什麼？我氣喘吁吁的趴在地上，而慧文就靠著茶几休息，淚痕早就佈滿她的臉。

玉亭呢？她兩眼發直的跪在巧拼地板上，嘴唇打著顫。

「我不知道我怎麼回來的……」她抬頭看向我，似乎想道歉。

「算了！」我懶得談發生過的事，「妳被附身時知道了什麼嗎？」

聽說被附身時，人的意識都很清楚，只是身體被人控制，因為合體的關係，應該多少會知道附身者的訊息。

「他是為了保護女朋友被醉漢殺死，有個人許諾他可以成為女朋友的守護靈，結果被使喚做了許多壞事，卻連這層樓都逃不出。」玉亭竟跟著流下了淚水，「我覺得他好可憐，一心一意只想守護愛人，卻被利用……」

「我覺得現在我比較可憐。」我糾正她的想法，「它們認為只要我死了，一切就會結束。」

「咦？可是小美學姊，妳並不是那個人啊！」是啊，活人分得清楚，死人就分不清楚啦！

「對了，玉亭！妳知道神壇在哪嗎？妳窺視到了他的過去，應該知道那個天殺的陳小美把神壇設在哪裡吧？」

玉亭一愣，旋即用力的點頭，雙眼熠熠有光！「就在房間裡，在——」她才準備開口，我們就被一個詭異的聲音給分了心。

叩——叩——叩叩——叩——叩叩——

玉亭越過我，表情驚懼的看向我的後方，我最討厭那種眼神，我最討厭別人用那種眼神看我了啦！

「小……小……」隔壁的慧文不知道為什麼要回頭，她結巴的拉著我衣袖。拜託拜託，妳們看得見就不要開口不行嗎？為什麼要拉我下水嘛！

我還是回過頭去，我看向我電腦桌前的四腳椅，那是張再普通不過的椅子，每個人住的地方都有，四隻腳、有靠背，人人家裡都超過一把。

只是現在我們這只椅子，會搖晃罷了。

它竟像搖椅一樣，試圖晃來晃去，先是前面的兩隻腳同時喀噠，後腳騰空；然後再後面兩隻腳著地，前腳騰空，真的彷彿有人坐在上頭，把它當搖椅似的悠哉搖晃著，一股惡臭傳了過來。

下一秒，一模一樣的聲音來自玉亭桌邊的椅子。

「小美學姊……它們它們……」玉亭嗚咽的靠近了我，「鑽進來了！」

鑽進來了？我神經緊繃的環顧四周，除了四面牆跟原本就有的傢俱外，我連陽台上都沒有看見影子，它們是從哪裡鑽進來的！

「啊呀——」慧文尖叫起來，「好多喔！天哪——」

她們緊閉雙眼，護著頭蹲下身子，好像在閃避飛掠而過的亡靈。

不行！我緊繃著身子，握緊雙拳，我根本在跟看不見的敵人打仗，這些鬼如此的針對我、如此的數量龐大，但是我卻只能站在這裡面對空氣，要打人卻打不準，我還能做什麼？

「我什麼都看不見，不能再這樣下去。萬一出事，我也只能死得不明不白！」

「妳看不見……啊呀，不要碰我啦！」慧文哇啦啦的哭著，伸手往旁邊的空氣打。

我會不戰而敗的！

我非得看到敵人不可，我不能夠跟瞎子摸象一樣硬拚，這件事我再怎麼不願意也得面對，因為它們已經認定我是那個陳小美了！

「小美學姊！怎麼辦！」玉亭也蹲在地上，哭喊著。

「我要看得見這些魍魎鬼魅，只有一個法子！」我堅定的說著，幾乎已下定決心。

「怎麼看？妳不是八字重還有一堆守護靈嗎？」而且還有阿蓮的一堆符。

我逕自走向桌邊，毅然決然的抽起筆筒裡的美工刀。

「在禁地裡流血！」

第八章・電線桿的阿伯

我聽見慧文跟玉亭同時叫喊出來的阻止聲，但是美工刀已經瞬間劃開我的指頭，鮮豔且紅色的血珠從指間冒了出來。

「小美學姊！妳怎麼……」玉亭拉過我的手指，「幹嘛自殘！」

「唯有在禁地裡流血，我才能清楚的看見這些鬼啊！」我用力擠壓傷口，試圖讓血珠能滴上地板。

「真的假的？」

「兩年前，我原本看不見浴室裡的厲鬼學姊，後來厲鬼學姊就刻意設計我，讓我在浴室裡流血，我就看得見她了！」一滴血終於凝成大血珠，往地板上滴落，「玉亭說神壇在房間裡，那這裡就是禁地，只要我在這裡流血，就可以看得見它們了。」

啪嚓，小小的血終於滴上地板，我還特地移開巧拼，希望落實些！

「那……小美學姊。」慧文突然有些凝重，「當初那個厲鬼學姊為什麼要讓妳在浴室裡流血？」

「因為她想傷害我啊！」問這什麼鬼問題。

「那妳現在在這裡流血的話……」她眨了眨眼，「是不是就表示這些鬼可以——」

嗯？我也一怔，抬首對上慧文的雙眸。

「啊！」我瞬間跳了起來，對厚！我怎麼忘記這一點了！

我現在是看得見它們了，但是它們也就可以近我的身，甚至傷害我了！

我怎麼忘記這一點啦！

「小美學姊！妳是豬嗎？」這下連慧文都跳起來了，「這樣一大票鬼，妳——」

她指向我周遭，這動作逼得我不得不往四周看。

我果然看得見了！

不但看得見，而且還一清二楚到無法想像！

密密麻麻的鬼頭們擠動著，那數量多到讓我難以計算，也從未見過這種陣仗！十坪的房間太小，它們擠得辛苦，就有人的頭從四面八方的牆上鑽出來，活像被掛在牆上裝飾的動物頭顱標本一樣，毫無空隙的並排著。

仰頭向上，天花板上也排列了密不透風的頭顱，由上往下看著我；而我們四周全擠滿了鬼，這些鬼腳下的地板上照樣是萬頭攢動，我再也見不到什麼白牆、白天花板、或是我們的巧拼了。

滿滿的，這十坪大的房間裡，除了我們三個周圍一公尺外，全部都是鬼！

幾百雙眼睛盯著我瞧，而坐在椅子上那兩隻鬼，一個就是惡臭男，另一個是天殺陳小美的爸爸。

我想吐！被這麼多燈泡般的頭包圍住，我雞皮疙瘩都竄了起來。

學長呢？學長沒事吧……他怎麼不趕快醒萊，好歹告訴我接下來該怎麼做啊！

「小美學姊……我們該怎麼辦？」玉亭扣著我的手，腳都快軟了。

「暫時不必擔心。」我看著包圍著我們的紅影與白影，「我的守護靈正保護著！」

我看不清媽媽它們的樣子，但是我能分辨出守護靈的姿態，而其中讓我看得最為清楚的，就是同樣身為亡靈的徐怡甄學姊！她的模樣一如當年，長長的黑髮，秀麗的臉龐，頸子上的切口與雙腕的傷痕已不復在，她穿著自殺時的紅色洋裝，一起守護著我。

或許因為她是鬼，所以我看得特別清楚；也或許因為她曾是厲鬼，我現在能感受到她的力量強過包圍著我們的魍魎鬼魅們。

可惜，似乎還不如她當初歇斯底里時來得強大。

下一秒，唯有我被惡臭男撞飛出去，直直摔上了白牆……或是壓到了上頭觀望的頭顱，又重重的跌上地板——跌上地板竄出的頭顱上。

懷有恨意的鬼魂，力道總是比較可怕。

摔上地板的我聽見玉亭她們的尖叫聲，她們兩個人互相緊擁著，我痛得難受，我搞不清楚這些鬼為什麼每次都要把我摔來摔去！要不是徐怡甄學姊及時護住我，說不定我骨頭都給摔斷了。

睜開眼睛，就跟一堆頭顱四目相對。

「哇呀呀呀——」那傢伙的蛆都爬到我臉上來了！

我很欣慰媽媽它們瞭解我的心，因為玉亭她們依舊被白光圍繞、保護著，我死都不願意任何人受到傷害。我掙扎的想爬起，卻發現無論怎麼跌撞，都還是被鬼魂包圍著，就連學姊也無法完全保護住我！

我豬頭、我白痴，我幹嘛無緣無故玩什麼在禁地裡流血啦！

『阿美啊，如果妳堅持要重起神壇，傷害蒼生，那爸爸也救不了妳了！』

老者開口了，『爸爸不能讓妳再犯一次錯誤。』

好樣的，你們偷偷達成共識了，卑鄙無恥！

『只要妳死了，我們就可以自由了！自由了！』惡臭男忽地又出現在我面前，其他的魍魎鬼魅都在看戲似的觀望。

我用力的搖起鈴鐺，我還可以下令——但來不及開口，惡臭男大手一揮，把我直直摔上茶几！

糟糕了！我的身體往茶几撞上去，痛得我慘叫，茶几被我撞得破碎，而我的頭一定也破了……我的脊椎骨鐵定斷了……我的……

我承認我頭痛欲裂，甚至感覺到後腦勺有股熱液正汩汩流出，但是我的手卻在被我撞壞的木屑中觸到一陣冰涼，快失去的意識瞬間又被拉了回來。．

在茶几裡頭，有個小小的甕，甕上面還有一個香爐，香爐邊有著一包用黃布包裹著的東西。

我掙扎的爬起身，感覺到四周妖鬼的驚叫聲、嘈雜聲，我的血從頭上的洞開始流出，流進了頭髮裡、衣服裡，還有地板上。

可是我的直覺告訴我，這個藏在小茶几裡的東西，就是神壇。

「把門打開！」鈴聲和尖叫聲交錯著，我聽見玉亭在嘶吼，「我命令你們把門打開！」

我看向右手腕，召喚鈴可能在剛剛摔出去了……媽媽，一定要保護玉亭，為我逞強的人都會死……不行，我得振作，我必須振作。

我撐住身體，把裡面的甕罈搬了出來，我彷彿聽見學長奔進來的叫喚聲，還有慧文她們此起彼落的尖叫聲；可是聲音真的離我越來越遠，我覺得頭好暈，眼界甚至漸漸模糊了……

「妳過來，點香！」這是賀正宇的聲音，不知在喚著誰，「這是下了禁咒的黃布，裡面是這些亡靈的生辰八字跟名字！」

我躺在溫暖的臂彎中，仰首一瞧，發現是學長。

「學長……」我呢喃著，學長他們好端端的！「我……找到神壇了。」

「小美，妳振作一點！」學長拿東西壓住我後腦勺的傷口。「哥！快點起壇，超渡它們！」

「超渡沒有用的！一般來說，養鬼用血，這些鬼沒那麼容易解決。」惡鬼們正群起鼓譟，聲音嗡嗡的穿耳，對著學長兄弟咆哮，「而且它們被囚禁了那麼久，怨氣大過一切！」

「總得想辦法啊！」學長的聲音裡含有一絲慌亂，我現在才發現，這樣的陣仗與情況，是出乎他們意料的……也不是他們常在應付的棘手狀況。

我好糟！為什麼老是惹上這種麻煩？萬一害死大家怎麼辦？

我聞到香點燃的味道，迷濛中看見玉亭插好香爐，正恐懼的環顧四周；慧文依舊縮在地板抽抽噎噎。

這時候，我發現我瞧得清楚媽媽它們了，我的身體越來越輕，連外公它們都瞧得一清二楚了呢！

賀正宇迅速的把甕給打開，從裡面倒出一堆東西，有戒指、有頭髮、有手環，看來是這些亡靈們的東西，或遺物、或是靈魂附著的物品。

那個陳小美拿了這些東西、還有寫上它們生辰八字的牌位，養了無以計數的亡鬼，欺騙它們、控制它們……那個女人真的很過分，這些魂魄們有的想升天、有的是有所願，她竟然就這樣控制它們去幫有錢人做事！

小報雜誌中總是報導，有錢人會花錢養小鬼或是支使亡靈做事，這些有錢的人除了商人、黑道、政治人物、藝人還有處心積慮要害人或成就自己的人，利用這些都是旁門左道，這樣成功值得高興嗎？

而且還是利用無辜的鬼魂，藉這樣達成目的的人都該下地獄！而操縱這些魂魄的陳小美，不但不可原諒，她也休想以為找我當替身就沒事了！

施咒者必被咒法反撲啊——她敢以血養鬼，就應該要付出代價！

學長跟賀正宇開始喃喃唸著經文，我聽見群鬼們嘶叫，我眼界裡飄蕩著密密麻麻的孤魂野鬼，它們對著我齜牙咧嘴、它們張牙舞爪的衝過來欲將我撕裂，可是我根本已經有氣無力，只能緊抓著學長。

此時賀正宇從他提著的袋子中拿出一瓶莫名其妙的礦泉水，唰的往我們四周灑。

說也奇怪，那群惡鬼突然像撞上一面牆似的，硬生生被彈開！我瞠目結舌的看著這一切，看著厲害的賀大哥拿出一瓶瓶的礦泉水，倒上我們四周。

「大家待在結界裡別動！」一手抱著我的學長，另一手拿出奇形怪狀的法器，又開始喃喃唸起奇怪的東西；賀大哥則是緊蹙著眉頭，凝視著結界外的那群惡鬼。

「酆都的門已經開了，速速歸去！」學長突地喝令一聲，「該做的法會我們會做，一樣少不了！」

賀大哥則在手掌心上比劃幾下，攤開對著惡鬼們。

然後那群惡鬼，只是更兇猛的朝我們撞過來、彈出去，彷彿使用人海戰術似的，相信賀正宇的結界終有失效的一瞬間。

「不行！你都照法則施咒，我也出示酆都的鬼牌，對它們都毫無作用！」賀大哥蹲了下來，邊往地上倒水，邊看向我，「它們被施咒者背叛遺棄，現在必須照最終極的方式掙脫一切束縛。」

學長凝重的皺著眉，我仰視著瞧見他的喉結微微顫動，然後視線落在我臉上。

「它們要血債血償，反噬施術者。」

「什麼？怎麼可以？那不是小美學姊的錯啊！」很高興抱著玉亭發抖的慧文回魂了，「不能犧牲小美學姊！」

「放心好了，我怎麼會讓小美犧牲？」學長把墊著我傷口的毛巾取了出來，「要血？怎麼沒有？」

黃布鋪著牌位與這些魍魎鬼魅的物品，學長拿著染滿我鮮血的毛巾，用力一擠，血如水般涓滴而落，落進了黃布裡頭，染上了所有物品！

「血債血償。」學長挑起一抹笑，而同一時間，賀正宇將佛珠扯斷，加上一瓶新的礦泉水，跟著潑灑而出。

亡靈們的尖叫聲不絕於耳，我發現媽媽轉過頭來，對著我輕笑。

媽媽……我伸長了手，想握住媽媽。

「小美！妳給我醒著！」火辣一巴掌打來，嚇得我看向學長。

「你打我？你打我幹嘛！」我疼得直搗臉頰。

「還會罵人，不錯！」他笑了起來，簡直像苦中作樂。

我轉動眼珠子，感覺像是施法結束的樣子，這些亡靈們該步入正途，往酆都城報到……可是，為什麼有人從地板鑽出來，掐著我的手呢？

「沒效！怎麼回事！」學長氣急敗壞的吼起來，「順序沒有錯啊！」

「果然，會認錯靈光，但是這些惡鬼不會嚐不出血的味道！」賀正宇神色凝重，操起最後一瓶礦泉水，「這下糟了，反而激怒它們了！」

『陳——小——美——』

『帶我們走啊——求求妳——帶我們走啊！妳這個背叛者！』

『小美！小美……』

我不得不倒抽了一口氣，包含混帳陳小美她爸都朝我直撲而來，它們是非置我於死地不可了！

一個身影迅速的擋在我面前，不是我的任何守護靈，也不是紅衣的厲鬼學姊，淡淡的薰衣草香飄動著，兩個瘦小的女生橫在我與學長之前，張開了雙臂。

「小美學姊才不是那個陳小美！」玉亭全身顫抖的對著怨靈們狂吼，「你們搞錯——」

她突然沒了聲音，我緊張的伸手抓住她的衣服，惡臭的男人竟然衝破賀大哥的水結界，張開利甲往她襲擊而來，瞬間就被扔進自己的床下！

「住手！」我尖叫著，聽見鈴鐺從玉亭手中飛出，落在地板上。

學長跟賀正宇根本不管現在的狀況，兩個人從容一盤坐，就開始一直唸一直唸，唸著經文或是咒語，試圖做最後的掙扎；或許是學長他們家一脈相傳的厲害體質，加上賀大哥把水大部分圍在我身邊，惡鬼真的沒那麼容易近身。

我不知道……我總覺得來不及了……這是不是我命裡的劫數，我倒楣活該，誰叫我要租這種便宜的房子……

而被嚇著的慧文先是尖叫一聲，然後抬起頭看著逼近的惡鬼，還有那位大步走過來的老者。

『小美……利用靈魂的下場，就是這個樣子啊！爸爸跟妳說過了！報應！

報應啊……』

「我……我要說幾次？」我發覺連講話都無力了，「我不是你的女……兒……」

「阿祖？」莫名其妙的話從慧文口中逸出，她從地板爬了起來，詭異的對著老者叫喚！嗯？慧文在喊什麼？我愣愣的看著撐起身子的慧文，抬首往老人家的靈魂那裡看過去。

「阿祖？」她又叫了聲，「你是阿祖沒有錯吧？嘴角邊有顆痣……常常守護我！」

「慧文啊……」老者突然換回慈祥面容，「妳出生時阿祖已經不在，當然得好好看著妳啊！」

「阿祖？他是妳外曾祖父？」學長忙不迭的抓過慧文！

「對、對啊……我跟學姊說過，我的守護靈就是我外曾祖父……我每次都只能隱隱約約看到模樣，第一次這麼清楚的看見阿祖啊！」慧文被學長的氣勢嚇著般，吞吞吐吐。

「啊……早死跟失蹤的家人……妳阿嬤就是陳小美？」我吃力的回想她曾對我說的話。

「呃……這樣說來，好、好像是……我不知道，我們家的人禁止談論我阿嬤啊！」慧文慌了，她好像根本沒想到情況會變成這樣。

但是如果老者是陳小美的父親，他又是慧文的外曾祖父，那陳小美當然就是慧文失蹤的阿嬤啊！

「那妳幹嘛不早說他是妳外曾祖父！」賀正宇大吼一聲，嚇得慧文魂飛魄散！「過來——」

他不客氣的一把抓過慧文的手腕，老者的靈魂立刻發怒的衝過來，學長再度將另一串佛珠扯斷，往老者身上扔去，隱約的火光從老者靈魂上竄燒而起，阻止了他的攻擊。

「幹、幹什麼……」慧文嚇得直打哆嗦。

「有直系血親還在擔心什麼？妳就幫妳阿嬤還債吧！」賀正宇拿出刀子，亮晃晃的嚇人。

「不、不行……」我虛弱的吐出幾個字，那也不是慧文的錯、怎麼可以讓慧文……

刀子劃過慧文的四隻指頭尖端，她痛得唉了聲，接著幾滴鮮豔的血珠便啪的滴進黃布內，滴在所有被綁住的牌位與靈魂所繫的東西上頭……

就在那個瞬間，所有惡鬼突然僵住，攻擊行動全數止息，每隻魍魎開始顫抖著身子，身上開始泛出白色的光芒。

接著一個個冤魂突然泛起笑容，朝上仰望，雙眼泛著喜悅，然後淡去……終至消失。

『自由了……自由了……』有人輕聲叫著，往上飄動。

『有人在跟我招手了……』

『光！那是光……看見光了！』

就連那個惡臭男人也在轉瞬間恢復了乾淨整齊的模樣，它穿著襯衫，看著自己回復正常的雙手，雙眼泛出一股幸福，嘴裡喊著一個陌生女孩的名字，緩緩的融解於空氣之中。

我不知道是怎麼回事，但是那股壓力與恨意已不復在，我昏昏沉沉的閉上眼，因為我也看見了那道光，天上那道光相當溫和，而我的身影變得很輕很輕，輕而易舉的就飛上了天。

我的後腦勺整整縫了十二針，後面頭髮被剃掉一大塊，裹著紗布，說有多醜就有多醜；我在醫院昏迷了一個星期才醒來，醒來時爸爸跟學長都在我身邊，一臉欣喜若狂的模樣。

我命果然很韌，明明靈魂跟著那一群鬼魂飄上去了，然後看見徐怡甄學姊在前頭對著我微笑，我連招呼都來不及打，就被一腳踹了回來！

聽說我租的那層樓已經沒事了，房東先生上去清掃過，一切都乾乾淨淨，甚至可以準備貼出租廣告，所有被困在那裡的魍魎鬼魅已不復在，它們全數獲得解放，各得其所。

該下地獄的、該受苦刑的、該申請成為守護靈的，每一個都交由酆都裡的法則去執行，不過因為它們都曾被使喚過，也或多或少在死後還做了惡事，似乎罪加一等，沒有任何一個人可以全身而退。

我當然是放了心，至少我可以安穩的回到我的十坪天堂，好好的過我的日子、念我的書，不必應付一堆有的沒的，更不必揹上什麼背叛者之名。

這一個星期中，萬應宮那邊有派人上來辦了法會，聽說法會之盛大，還引來附近居民圍觀，學長說這種事不能馬虎，這些亡靈也是可憐，送佛就送上西天。

阿蓮跟阿公這兩天才上來，好像在做最後的處理。

「我說妳是白痴，還是笨蛋？上次妳在浴室流血我罵妳罵到臭頭，妳這次竟然給我想出什麼方法？為了看見那些亡靈，自己在禁地裡滴血？」我坐在病床上已經夠可憐了，還要聽人說教，「在禁地流血就代表它們碰得到妳！妳這麼想死啊！」

「人家、人家只想到前半段……」我囁嚅的說著，沒有什麼大聲的本錢。

「我快受不了啦！妳做事情就不能稍微多想個兩秒，思前想後一下嗎？」

「哪有那個美國時間……」都已經命在旦夕了，那時我急著想知道我身邊圍了多少鬼啊？

「陳小美！妳就是這樣！才會八字那麼重還一直跟陰界扯上關係！說話沒聽進去、做事一頭熱……」學長唸唸唸唸，已經唸好幾天了，「我終於知道為什麼妳的守護靈要多達十個了！因為它們得輪班，不然會累死！」

「喔！對厚！學長，那個徐怡甄學姊啊，她為什麼會變成我的守護靈之一？」我接過他削好的梨子，趕緊扯開話題，「她自殺又害死小珍跟Kitty，這樣的人怎麼……」

「沒錯啊！她得服永世苦刑啊……」學長若有所指的看了我一眼，然後深深的嘆了一口氣。

「既然是服苦……呃？」我愣然了，「該不會……來當我的守護靈，是苦刑的一種？」

「唉！」學長更重更大聲地再嘆了口氣！

喂喂喂！會不會太沒禮貌啊？為什麼當我的守護靈是服苦刑？我有那麼、那麼會折磨人嗎？

「如果是我，說不定寧願在地獄裡好過些！」學長笑了起來，還硬給我補充一句話。

「賀昕宇！」河東病獅吼！

「哇，大老遠就聽見小美學姊的聲音了，好有精神唷！」門外走進兩個笑吟吟的女孩子，是玉亭跟慧文。

她們都非常健康，心理方面則需要時間去沖淡，據說玉亭是嚇得魂飛魄散，賀正宇還特地幫她收了驚，她也在萬應宮求了阿蓮牌平安符，二兩三果然不適合那種地方。

她在外頭找到了房子，即使十坪天堂業已乾淨，她還是不敢再住回去，寧願住貴一點點的地方！不過她請學長幫忙看過，求了很多符咒、也請示過風水，總算安然入住。

至於超關鍵的慧文同學……這真是太強了，她竟然跟那個陳小美有關係，是她的親生外孫女！可是家族對於異樣的陳小美十分排斥，早覺得她會有報應，所以整個家族根本不跟她往來，失蹤了也沒人想插手，後代更是絕口不提這位長輩，連所謂的家族相本裡也沒有陳小美的照片。

好加在慧文後來有認真的抬頭望一下四周，要不然我們都不會知道那位老者就是她的外曾祖父兼守護靈！枉費之前照過那麼多次面，她就沒一次正眼瞧人家，可這位外曾祖父可是認真的看顧她呢！

「慧文，妳阿嬤找到了嗎？」這是我現在最關心的事情。

「沒人找啊！我媽才六歲時我阿嬤就失蹤啦！」慧文聳了個肩，「早就不知道人在哪裡了！」

幸好慧文有著那個陳小美的血脈，才能化解束縛鬼魂的咒法，要不然我的血白浪費就算了，萬一當初那群鬼一抓狂就把我四分五裂，血噴乾了也無法解咒，我不是活該倒楣？

「別再想那位陳小美了，反正她養的亡靈們都已經獲得解放！她在人世躲得了，死後是不可能躲得掉的！」學長忽地一陣冷笑，笑得我毛骨悚然，「妳也真夠倒楣，當初床位號碼被誤認就算了，現在還搞上個生辰八字一樣的陳小美……」

「上次宿舍事件是剛好，這次是故意的好嗎？」我一想到就一肚子火，「那個房東伯！是他故意設計我的！把租屋的傳單黏上我的腳，還算我那麼便宜！」

「陳小美……妳不要租不就沒事了？我當初唸到妳耳朵都要長繭了，妳還不是給我租下去！」

「噯呀……別吵了啦！說不定是我不好！」玉亭忙打圓場，「我看不見就好了，還騙小美學姊我有三兩二。」

「這跟妳沒關係，那群人找的是陳小美，幸好有妳，要不然她一定把這些異象全當作巧合……」學長稍稍一頓，搖搖頭，「不對，她一定完全沒看見、沒感覺、沒注意到！」

「我才衰吧！竟然遇見小美學姊。」慧文竟然敢抱怨起來，「我之前都住得好好的！」

「對啊，妳怎麼那麼剛好住在妳外曾祖父在的那條巷子裡啊？」

「嗯……我也想知道，好像是找房子時，租屋單剛好飛過來，黏在我腳上！」

「租屋單也黏在妳腳上？！」我一口梨子差點沒噎著！

慧文突然怔了住，因為我話裡用了「也」字。

厚！這一切的罪魁禍首除了那個陳小美外，還有一個傢伙！

就是房東他老爸！

那群鬼眾無緣無故住在那邊好好的就算了，再怎麼恨、再怎麼怨、再怎麼等，還是得在當初陳小美住的地方等待她回來，或是等著她死亡！

所以慧文住在三樓也沒有感覺，一堆人住在同棟公寓也都不會有事，因為它們不能離開有神壇的四樓！

招租單黏上我的腳，才剛到就有死去的房東伯跑來招呼我，開出完美條件誘騙我上鉤，之前就知道慧文是陳小美的外孫女，用一樣的法子誘她去住那邊……那個老頭子想要做什麼啦！

尾聲

「對死者要心懷敬意……」

深夜巷子口，學長語重心長的交代著。

「我有啊！」我冷冷的瞪著巷子裡唯一昏黃的路燈，寫著禁鬼咒的球棒拿在手上敲呀敲的。

慧文拿著八卦鏡，玉亭手持念珠，我們一行四個人緩緩的往路燈那邊走去，要會一會應該還在這條路上的房東。

雖然白天我也看得見它，但那是「執念」過深，加上它不是陰鬼，可是我想現在事情搞成這樣，它絕對沒種在白天見我！

「學長！」我看向他，麻煩他招個魂。

唉！他又嘆口氣，很無奈的準備燒起符紙來；不過在他點火之前，路燈啪的暗去，又出現了那種伸手不見五指的黑暗。

我們早有準備，我拿出手機，蓋子一掀，強力冷光伴隨著一張慘澹澹的臉，出現在我們面前。

沒人尖叫，彷彿早就預料到似的。

「阿祖？」結果出現的是那個慧文的外曾祖父。

「慧文啊……」老人家眉開眼笑的，「妳來啦！」

「你怎麼還在這裡？法會不是做了嗎？」我狐疑的挑了挑眉，它是陳小美養的第一隻鬼，早該離去了！

「唉唉，我沒被鎖在那甕裡，自然而然就還留在這裡囉！留在這裡好啊，我才能好好看顧著大家，看顧著慧文。」

我才不需要它看顧咧！我咕噥著，我這輩子再也不想跟阿飄再扯上關係啦！我瞥了一眼路燈，這老路燈已經非常陳舊，深植在一層又一層的柏油路裡，桿子上斑駁不堪，但依舊照耀著這條巷子。

它生辰八字的牌位，該不會被那個陳小美埋在這電線桿底下吧？我去問過這根電線桿不汰換的原因，追究到底，果然是因為只要想換這根電線桿，就會有「靈異現象」產生。

阿伯待在這裡，一邊守護他的外曾孫女、一邊尋找他的女兒，那位陳小美。

我用手肘頂了頂學長，跟他交換了個神色。

「阿伯，您想不想走？」學長溫和的開口問。

「不了不了！在這裡挺好的，微弱的力量，倒也能照耀道路嘛！」它瞇起眼，和藹可親極了，「況且又有伴，不錯不錯。」

一聽見它講到伴，我們三個女性同胞頓時雙眼迸出殺意，緊握手中的傢伙——「房東伯！」

「哎呀哎呀！我只是覺得被關在樓上的孤魂們可憐嘛！」電線桿上頭傳來歉疚的聲音，「死了以後才發現電線桿裡住了個老陳，聽老陳講它女兒的事，我先幫它找到外曾孫女，它好高興咧～然後我想幫它找女兒、也想幫那些孤魂野鬼找到主子，隨便一找，就給我找著……」

「找著我這個陳小美了……」緊握起球棒，我推了推玉亭，「把八卦鏡照向它啦！混帳東西！都是你害我這麼慘！」

「唸經！快點！學長！」

「小美，對死者要……」後頭悻悻然的，傳來學長的聲音。

追打未遂，燈光很賊的重新亮起，兩個老者已經遁逃消失，我們三個女孩總算瞭解來龍去脈，心情也稍稍舒服！尤其是我，莫名其妙的捲入這種事，不明瞭個透徹我絕不甘心。巷子外開始有人回來，學生們自然的走在這由和藹老伯守護的巷子裡，那佝僂的老婆婆照舊在撿我們集中在樓下的紙箱，一步步蹣跚的擱到推車上。

一切生活都恢復正常，我終於從魍魎鬼魅中抽離。

玉亭要我保證送她走出巷子才要到我家吃宵夜，慧文則跟房東商量要跟我住在一起，房東沒漲我一分一毫房租，他決定遵照死去父親的意思。

開什麼玩笑！我都撞鬼了，還敢漲我房租？我沒殺價已經要偷笑了吧？

只是我現在在猶豫，有必要走一個二兩三的玉亭，換一個二兩一的慧文進來當室友嗎？

後來慧文和玉亭負責去買宵夜，我跟學長就手挽著手，先回家裡去等她們，臨走前不忘警告一下電線桿裡的老伯們，等一會兒慧文她們回來，可別嚇她們！

老婆婆蹣跚的朝我們走過來，傻傻的衝著我們笑，她手中拿著一塊又黑又臭的破布，吃力的走到電線桿邊。

「這裡沒紙箱啦！」我跟老婆婆說著，「阿婆，妳等我一下，樓上應該還有啦！」

「嘿嘿……」老婆婆不知道聽得懂聽不懂，一直傻笑，接著蹲下身來，開始擦拭那根電線桿，「乾淨、要乾淨……擦得乾乾淨淨……」

我們傻在那裡，老婆婆敢情也變成街燈清潔隊？瞧她這麼細心的擦著那根電線桿，我跟慧文她們不得不面面相覷。

「乖乖的，要乖乖的喔！」

我想起慧文說過，這個老婆婆有老人失智症，所以從以前就只會傻笑，連自己是誰她都不知道。

「嗯？」突然間，我眼尾瞥到了什麼似的，立刻扣住了學長的手臂。

「學長！你看到了嗎？」我攀住他的肩頭，壓低聲量，「那個老婆婆的脖子！」

學長順著我指的方向看過去，老婆婆身上穿著一件黑色的破爛背心，我一直覺得奇怪，她頸子那邊有一大圈紅布，乍看之下很像圍巾，可是細看又不大對勁！

沒有兩秒鐘，學長竟然一步上前，蹲到老婆婆身邊，動手朝她頸子那裡去。

「你幹嘛你幹嘛！」老婆婆突然驚慌失措的叫嚷起來，「不可以！不可以碰！」

再看向學長的手時，我嚇了一跳，因為學長從阿婆頸內抽出一堆繫著紅繩的符包，數量之龐大，說不定有二十條以上！

「不可以！不可以啊——不是我！才不是！」老婆婆慌張的想把符包搶回，「這個拿走我會死的！我會死的！」

下一刻，她無助的抱住電線桿，開始嚎啕大哭！

學長迅速的看著手上那一堆護身符，越看眉頭是越凝重，最後竟然揪著那堆符包，硬塞到老婆婆面前，不准她避開眼神。

「這是什麼？這是什麼東西！」他大聲起來。

「學長！你在幹嘛！怎麼可以對老婆婆大聲！」我衝了過去，打了他一下。

「妳以為這些東西是幹嘛的啊！」學長白我一眼，視線又回到阿婆身上，「陳小美，妳就是陳小美對吧！」

咦？我狠狠的倒抽一口氣，學長是在叫我還是叫阿婆！

「不是！我不是！我才不是！」阿婆恐懼的哀叫著，緊抱著電線桿，「救我！救我……」

「哼！道行沒多高，才需要用到這麼多種咒法來掩蓋行蹤！」學長甩下那堆紅繩繫著的東西，「今天是小美沒事，我就算了！萬一小美因為妳出了事，看我放不放過妳！」

「學長……」我看著他，他氣憤的轉身離開，還拉著我走。

我的視線卻無法移開阿婆。

她是在向電線桿求救？還是在向她父親求救？她把自己父親的遺骨埋在電線桿下，還拿來當作第一個養鬼的試驗，現在還向父親求救嗎？

我仰首看向電線桿，阿伯，你的女兒一直都在這裡，現在就抱著你啊！

即使她掩蓋住自己的靈魂，即使她得了老人失智症，即使她忘記自己是什麼人——她還是如正常人般過活，雖然只能靠拾荒為生，但她卻選擇了這條巷子！

這條曾經有著意氣風發的陳小美、曾經聚集過無以計數的養鬼神壇，這個她應該避之唯恐不及的地方！

但也是埋有她父親遺骸的巷子。

自始至終，她這輩子根本沒離開這個罪愆源起之地，就不知道是她禁錮住了鬼眾，還是鬼眾們綁住了她。

發現了真的陳小美，我卻已經無力去責怪她，她那樣子也來日無多了，死後的報應我連想像都不敢！我們一票人上了樓，發現四樓已經亮得透徹，也陸續有人搬進來，之前那股沉悶已然消失；我撕去了貼在陽台與牆上的符咒，因為那些都已經不必要了。

「哇！小美學姊！妳浴室怎麼又這樣了？」玉亭一進浴室就衝出來了。

「什麼？」我跟著衝進去了，「哪個潔癖鬼？做完法事你就該滾——」頓了一下，我轉念一想，「聽好喔！我的漱口杯習慣是朝上的，牙刷放進去，其他的照你的想法擺就可以了！三不五時啊，乾脆幫我把房間也掃一掃……」

「陳——小——美！」咬牙切齒的聲音來自氣急敗壞的學長。「妳又再給我招惹什麼東西！」

這樣的生活很好，真的！在鬼門關前打轉兩次後，我真的越來越珍惜我的生活、我的生命、我的守護靈（徐怡甄學姊，對不起喔，讓妳受苦了！），還有我有生之年能遇到的每個人。

我笑著偎進學長懷裡，跟玉亭她們一起慶祝出院。

大概在半年之後，那位撿紙箱的阿嬤悄然過世，阿蓮拒絕幫她辦法會，所以她的葬禮是由慧文的母親處理的，我站在靈堂外，看著那位生於辛酉年九月二十九日巳時生的陳小美。

沒有人能躲過施咒的反動，即使生前可以，但死後該償還的還是得償還；不管是利用人還是利用鬼，我深信只要想要「私利的利用」都一定會有所報應！

我上前拈了香，不祈求她能躲過任何報應，只希望如果能有來世，她能做個正正當當的人。

番外・預言

他一直覺得很奇怪。

面貌清秀的男子站在樓梯下，往眼前那十來階的階梯瞧，前往四樓的地方封了道鐵門，以一條很粗的鐵鍊上了個大鎖。

他一直覺得，這棟樓不止三層樓。

「你是怎樣？別老是站在那裡。」隔壁的樓友抱著書走了出來。「那兒陰煞，你想被沖到嗎？」

「這兒？」他疑惑的蹙了蹙眉，「樓梯口就代表陰煞嗎？」

「大部分是。但你站的那裡百分之百是！」抱著書的樓友看了看錶，「你下堂不也有課？還在蘑菇什麼？」

「因為昨晚太吵，我睡不著。」他有點心浮氣躁，事實上好些天沒睡好了。

「喔！大概是七月的關係，樓上特別浮躁。」

「我想上去看看。」他有點堅持，又往樓上看去。

「省點力氣吧。」又一扇門開了，那是住在抱書樓友對門的另一個樓友。

他戴著一副無框眼鏡，神情有點冷淡，嘴角卻帶了抹輕笑。

「你也聽見了嗎？」他有點興奮，原來有人也跟他一樣睡不著！「樓上那一大群在鬼哭神號！」

「它們不是鬼哭神號，人家在呼喚某個人的名字！」戴著無邊眼鏡的男生蹲下身子，他穿著布鞋，「那群傢伙是被養的鬼，解鈴還須繫鈴人，你們兩個省點力氣吧！」

男子聽了，有些啞然的往樓上再看去。

他覺得它們有點可憐。

登時，他竟步上階梯，嚇得另兩個男生白了臉色。

「玄蒼！你有病啊！」星塵抱著書，拎著背包，直直衝到樓梯口下。

玄蒼只是往上走著，他可以感受到，他每踏一步，那門縫裡竄出的陰風益發刺骨。

有許多眼睛，塞在縫眼裡，爭先恐後的想瞧他。

「被養的鬼，無處可去，那不是很可憐嗎？」他露出憐憫的神色，看向抱著書的男生，「星塵，你上來幫我看看好嗎？」

「我不要！說好不管那些事情的！」星塵轉頭看向悻悻然的眼鏡男子，「日冥，你就不會說個兩句話？」

「他拗起來都這樣，你忘了上次去沙崙烤肉，他硬是跟三十幾個冤鬼聊天嗎？」日冥倒是無所謂的聳了聳肩。

「是啊，差點沒害死我們兩個跟班上同學？」星塵挑了眉，一臉怒意，再轉向樓上，「你立刻給我下來！」

說時遲那時快，玄蒼一隻手已經擱在那鎖上頭，勾起風靡班上許多女孩子的貴公子笑容。

啊啊啊啊——星塵雙手抱頭，該死的、混帳的玄蒼，為什麼偏偏要找事情給他們做！他上課要遲到了！

「速戰速決，點名說不定還來得及。」日冥的泰然也讓他覺得很機車！

玄蒼深情的凝視著生鏽的大鎖，長指輕觸在上頭，珍惜似的撫摸著它：「親愛的，你會為我開啟對吧？」

那輕揚的聲音飄散在空中，那鐵鏽大鎖忽地喀噠兩聲，就這麼自動解開了。鐵鍊也彷彿有人拉扯一般，唰唰唰的自動鬆脫，甚至眼前那看起來鏽得難以推動的鐵門，也開了。

一陣風刮了過來，平常人感受不到異樣，但星塵早聞到了濃重的腐臭味跟怨氣，已三步併作兩步的趕了上來，才到一半就聞到大量的怨鬼氣息，臭得讓他想罵髒話！

腐敗的靈魂比爛掉的肉還要難聞！

他趕到玄蒼身邊，誰知他還有臉轉過頭來，衝著他笑：「我就知道你最好！」

「不准發我卡！」星塵皺起眉，「太暗了，點燈！」

玄蒼聞聲，看向眼前的黑暗，「請為我點亮光明——」

霎時，一簇簇似鬼火的湛藍火燄，竟在裡頭黑暗的空間一一亮起，浮在半空中，照耀出許多慘白的容顏。

「嘖嘖！這麼一大掛啊……」星塵搖了搖頭，「是什麼人把你們放在這裡的呢？」

『陳……小……美……』有個男子滿臉猙獰的吼著，『那個背叛我們的人——』

「看來有段故事呢！」不知何時漫步而至的日冥，掛著輕鬆的口吻。

「所以我才要幫忙啊！」玄蒼餂起眼，又對星塵笑得燦爛。

「你得煮一個月的飯！」星塵睨了玄蒼一眼，往前一步，絲毫不畏懼眼前那有如千軍萬馬般的陰鬼。

它們去不了西方極樂世界，也下不了地獄，投不了胎也成不了遊魂，因為靈魂被禁錮住，只能在這個地方，過著暗無天日的日子……或許一百年、兩百年，要是沒有人解開封印，幾萬年都有可能。

星塵往前走著，那陰鬼懼於他身上的靈氣，步步後退。

到了某個點，他停下了腳步，忽地張開雙臂，闔上雙眼，一切變得沉靜下來……玄蒼跟日冥都看得見，那些陰鬼的感情與情緒，正化為縷縷輕絲，被星塵吸進身體裡。

思想與情緒在星塵體內蔓延著，他讀取每一個陰鬼的一生、它們死後遇到的事情，以及它們永無出口的怨懟——

有幾個人，懷抱著極端的怒與恨，正摩拳擦掌般的，準備對付自投羅網的三個人類。

「星塵！夠了！」日冥忽地大喝一聲，「它們的臨界點到了！」

星塵倏地跳開眼皮，看著衝過來的男子怨鬼，他掌心一收，忽地有股藍光自四肢百骸竄至他拳上，接著只見他往怨鬼臉上一開掌——那藍光像顆球似的，竄進了男子腦子裡。

然後，那陰鬼錯愕，悲傷、哭泣、時喜時悲，在鬼眾裡歇斯底里的怒吼；它大概是這票鬼眾的頭兒，它的失控，讓其他小鬼們不敢輕舉妄動。

星塵這才悠哉悠哉的，轉過身，走向玄蒼。

「把鬼的情緒扔給鬼，你真有膽子。」這跟把瘋子再逼瘋是一樣的道理。

「我要去上課，不想花時間打架！」星塵說得一臉理所當然。「能不能速戰速決啊？」

「都惹毛它們了，你還想全身而退？」日冥瞥了玄蒼一眼，「早說這件事根本不是我們可以解決的！」

「至少指引它們一盞明燈？」玄蒼還露出一臉悲天憫人的樣子。

餘音未落，那群鬼業已發狂，帶頭的陰鬼男性是懷抱著大量恨意的，因為它明白自己的處境，以及它們是被扔下的遊離鬼魂！

沒有人能救它們出去，所以它想……如果能再傷害幾個人類，說不定有機會練成魔，就能擁有更大的力量——就可以離開了！

猙獰腐爛的臉龐嘶吼著，悲泣與哀鳴同時湧上，有的陰鬼是怨恨主人的遺棄、有的是渴望主人的照顧，不管是哪一種，陰鬼們全部蜂擁而上，想攀住眼前三個宛如浮木的男生！

此時，只見玄蒼微微一笑，幽幽開口。

「誰也不許，傷害我們三個人。」

剎那，那陰鬼眼看著利刃指尖已來到玄蒼的眼球前方，指甲卻硬生生的折斷，並且被一股無形的力量往後彈射而去！

不只是它，其他明明已要近身的陰鬼也瞬間被彈得老遠，誰也碰不到那三個鮮嫩可口的大學生！

「給它們一條路吧？」玄蒼轉過來，期期艾艾的看著日冥。

日冥聽見遠處的鐘聲，唉，下課鐘響，他們只剩十分鐘的時間趕到教室去了。所以他上前一步，看著一屋子摔得狼狽的鬼眾們，輕嘆一口氣。

「不久的將來，會有人來解救你們的！」他半闔上眼，眼球忽地覆上一層白翳，

「她有著背叛者的血脈，那時這兒會閃耀相同的靈光，你們將不會被禁錮千年，必得到解放！」

日冥的聲音低沉有力，連陰鬼們都無法吭聲。

「可以走了吧！」星塵急匆匆的轉身下樓，「記得關門啊！」

玄蒼跟著他身後走，又是最慢的一個，他不捨的回頭瞥了眾鬼一眼，喊了聲熄，湛藍鬼火登時消失；然後也快步的跟著走下樓去，他想到自個兒的書包還沒拿呢！

「我看這裡住不得了，會很吵。」他邊說，邊要他們等一下。

「你這種個性，到哪兒都不能住！」星塵碎碎唸著，「早說不要去招惹這些東西，嫌吵就封耳啊！」

玄蒼沒吭聲，逕自進入房間拿了書跟包包，再走出來。

「然後咧？先去跟房東先生說囉？」日冥倒很配合，「再找間乾淨一點的地方住？」

「厚！我討厭搬家！」星塵三步併作兩步的往二樓奔去，「玄蒼！關門！」

玄蒼抬頭瞥了四樓一眼，想起他忘了關上門。

「關門，上鎖！」他輕聲說著，跟著往二樓奔去。

四樓那扇沾了鐵鏽的門，就這麼咿咿呀呀的關上，脫落的鐵鍊自動飛上，穿過那兩個方形中空的把手，鎖頭也自動圈上，喀噠一聲，門關了起來。

關住了一群在黑暗中閃著紅色光亮的眼睛，禁錮住了一群想飛卻不能自由的陰鬼。

它們在等……等著剛剛那個預言。

遠遠地，它們還可以聽見，那三個男孩邊往樓下奔跑，邊談論的聲音。

「真的有人會來解救它們嗎？」

「會！而且同樣的靈光會再次閃耀。」

「靠！真幸運的一群鬼！要是可以幾千年不輪迴，屆時就送給玄蒼玩玩了！」

「等會兒經過路口那根電線桿時，記得停一下，我要幫那兒一個老鬼催催眠。」

「催什麼眠？」

「要它找一個陳小美！」

「哦……」星塵聳了個肩，問半天也不關他的事，「隔兩條街的宿舍挺乾淨的，我們住那兒好了！」

「好！晚上叫玄蒼摺幾個鬼去嚇嚇那兒的學生，他們搬出去後我們就能接著住進去了！」

「好！」

《預言・完》

番外・妳比鬼可怕

從工廠下班回家路上，遠遠的我就看見警車的閃爍燈號了，一大群人都圍在橋上頭，議論紛紛，在這種小地方發生一點小事，沒一會兒大家都會知道。

「唉呀，怎麼這麼可怕……」

「好像昨天晚上就沒回去了。」

「跌下去的嗎？阿娟每天都騎車應該很熟了啊，怎麼會這麼不小心！」

我低首疾步離開，只是瞥了一眼，阿爸還在家裡等我，我也沒有停留的必要。

因為全世界，只有我知道阿娟究竟是怎麼死的。

「阿爸我回來了！」我爬上四樓，家裡那破爛紗窗也不怎麼需要補，大家都過得不好，沒什麼值錢的東西可偷。

屋子裡瀰漫著帶著腥味的油煙味，我一聞就知道阿爸又買魚了，今天是阿爸的發薪日，他總會在發薪日這天去買幾條醃得死鹹的魚回來炸。

再難吃，這也是唯一能吃到魚的日子。

「回來了啊，趕快去準備吃飯了。」阿爸揮汗如雨，笑著說。

「好！」我點點頭，轉身進入窄小的房間，所謂房間，不過是用條繩子繫在牆上，繩子上頭再穿過塊布遮掩而隔成的空間

我放下包包，床上那沒有腦殼的女孩正坐在那兒抱著雙膝，看著我。

「謝了。」我愉快地紮著頭髮，「阿娟死透了。」

女孩用毫無情感的眼望著我，歪了頭，『我也很討厭那個盛氣凌人的女生，家裡開米店了不起喔！』

「就是！」我哼起小調來，「她的臉一定很扭曲吧！」

『哼。』女孩笑了起來，『我冷不防的坐在她後面，讓她的腳踏車失去平衡，她在橋上倒下時，手還扶著石欄呢！當我從下面伸手拉住她時，妳不知道她叫得多淒厲。』

噢，我真希望我在場。

「然後她就掉下溪裡了？」

『嗯，不過她頭沒摔著，不能跟我一樣。』女孩指指自己碎裂的頭顱，『我

只好壓著她。』

「什麼？」我詫異的轉過身，「她有看見妳嗎？」

女孩得意的笑著，『看著我呢！』

阿娟是被鬼殺死的！噢，死前是多麼的驚恐，看著那張駭人的臉龐……呵，她一定沒想過，自己會被鬼殺死。

更不會想到，她會死得這麼慘，就是那天她不讓我賒帳！活該！

『說好要幫我的，妳可別忘了。』女鬼突然正色，用陰惻惻的臉瞪著我。

我內心著實一驚，但仍不動聲色的把頭髮紮好，微微一笑，「放心好了，妳知道我辦得到的。」

『我們都知道。』

聲音重重疊疊，我的房間裡，擠滿了十幾隻孤魂野鬼。

從有意識以來，我就知道自己不一樣，我不停地看到不屬於人界的東西，它們主動被我吸引前來，總希望我為它們做些事，例如唸咒、抄經文、迴向，或是助它們渡化。

我從狐疑到接受，直至有個徘徊幾百年的戰士亡靈跟我說，我擁有強大靈力，可以幫助業障過深的它們。

在我床上這個是隔壁村的美和，它為情自殺，從橋上跳入極淺的溪水中，頭部向下，頓時裂得亂七八糟，連淹死都辦不到。

自殺的人，有著無盡地獄在等待。

還有戰爭的亡魂，無論殺人與被殺，個個身上都揹著業，我這幾年研究過無數書籍，也發現了自己的能力，我能做的比那個戰士亡靈說的更多更多——例如，讓它們幫我做事。

阿娟是個活生生的例子，這些孤魂野鬼為了不下地獄早日超生，連人都能幫我殺，還有什麼做不到？

阿娟希望我超渡它，每個人都有所求，鬼也是人變的，生前死後欲望無盡，我要維持它們的希望，再讓它們無法拒絕我。

我不想再吃鹹魚了，不想喝地瓜米湯，也不想繼續在工廠工作，我要過上好日子，有花不完的錢、吃不完的鮮魚，永遠不再為錢發愁——那只有一條路。

我換上陳舊的T恤走了出去，阿爸正好把米湯盛好。

「來來，快來吃。」阿爸說著，「阿爸今天發薪水，買了魚跟蛋給妳補補。」

我笑著坐下，「阿爸，謝謝！」

「說什麼，妳在工廠工作也很辛苦啊！」阿爸這麼說著，夾了鹹魚到沒幾粒米的湯碗裡。

我大口吃著，滿足得點頭，「好好吃喔！」

「好吃就好！」阿爸開心的笑起來，嘴角邊那顆又大又黑還長毛的痣跟著擴大，那可是阿爸的正字標記。

我總是希望賺大錢，但這樣的環境與社會，我只能在工廠裡做女工，戰爭還沒打完，大家生活都很困苦，可還是有人過得很舒適。

我也希望讓阿爸過上好日子，我也承諾過要買間大房子給阿爸住。

因為我知道，沒有阿爸，我就沒辦法達成這個願望。

吃飽後我負責洗碗，阿爸擦著桌子，騰個位子要坐下來看報紙，我幽幽的看著他的背影，一時間百感交集。

「阿爸，你記得我的志願嗎？」我沖洗著碗，輕聲的問。

「啊？志願喔？哈哈哈哈！」阿爸朗聲笑了起來，「怎麼可能忘記，憨孩子，賺大錢不必要啦，偶們只要健健康康的就好了啊！像妳哥哥姊姊，有家庭、過得平安，生很多孩子……」

是啊，一般人都是這樣想著，活著就好，平安就好。

「可是我還是想要過好日子。」我關上水龍頭，把碗放到一旁。「也想讓你過好日子。」

「唉！阿爸現在過得不錯啊！妳不要想太多，我跟妳說厚，前幾天我那個同鄉來找我，他有個兒子跟妳差不多年紀耶！」

我轉過身，看著背對著我已經坐下來看報紙的阿爸，淚水悄悄滑落。

「我還不想嫁，我有很重要很重要的事要做。」我邊說，悄悄的反手握住了深褐色的米酒瓶。

「還有什麼比結婚更重要，家裡就剩妳還沒結婚了捏！」阿爸認真的說著，跟著轉過頭來——

我決定的事情誰都無法動搖，我已經決定走上這條不歸路了——所以我在阿爸轉過頭的瞬間，高舉起酒瓶狠狠的朝著他的頭揮了下去！

咚！

鮮血濺出，阿爸立刻倒了下去，連椅子也砰的倒地，發出巨大聲響。

『還沒死！』天花板、牆上竄出了齜牙咧嘴的亡者們，『妳不夠大力！他還有氣！』

果真如它們所言，滿頭鮮血的阿爸痛苦的皺著眉，迷迷糊糊的睜開眼，試圖撐起身子想搞清楚發生了什麼事。

「對不起，阿爸。」我深吸了一口氣，再度高舉起酒瓶，「你一定要是第一個——」

我需要一個沒有怨氣、沒有業障的靈魂讓我實驗，讓我確定我的靈力能否做到禁錮一個毫無業障的靈魂，還能讓它為我所用！

我知道阿爸願意為我做任何事的！一旦我成功，我一定會幫助哥哥姊姊們的！大家都能過上好日子，阿爸，你最大的願望，不就是希望我們都過上好日子嗎？

我忘記我總共砸了幾次，我只知道手痠了、人開始疲憊時，阿爸的頭已經被我砸爛，而我滿臉都是阿爸的腦漿。

我拿過準備好的毛巾把臉擦乾淨，第一時間先衝到大門將木門關上，再把阿爸拖到我房間去，將地板蓋著的毯子掀開來，那兒有我早就畫好的法陣；跟著打開抽屜，裡面還有我早就準備好的，阿爸的神主牌。

『妳要做什麼？』有亡者覺得不對勁，擔憂的問。

我默默點燃蠟燭起神壇，我必須盡快的施法，得在黑白無常把阿爸靈魂釣走前、他們手持生死簿來臨前，把阿爸的靈魂扣下！

『好甜好香，血的味道！』

『可以吃嗎？可以吃掉它嗎？』

『妳殺了妳爸爸！嘻嘻……妳怎麼比鬼還可怕！』

鮮血引來附近所有鬼魅的聚集，鬼哭神號我也充耳不聞，我知道我有更重要的事情。

美和在一旁恐懼的看著我，連它都感受得到，我要做一件不得了的事。

『住手！妳！』神壇裡冒出了那幾百年的戰士亡者，它察覺了我的目的，憤怒的咆哮著。

「滾開。」我逕自唸起咒來，開始在阿爸身體畫上血印。

『走！大家快走！』戰士亡者大喊，連美和也都搖著頭，幾乎是落荒而逃的離開！

我不在乎。

就算我這次失敗了，還是會有大量的亡靈被我的靈光吸引，我只要甜言蜜語，告訴它們我能助它們消孽，可以超渡它們，它們就會為我做事。

關鍵在於，要怎麼讓「它們」永遠為我做事。

如果阿爸的實驗成功了，那它們逃再遠都沒用，我的抽屜放了那些亡靈的生辰八字，只要實驗成功，你們一個也逃不過我的手掌心。

我雙眼映著熠熠燭火，有種喜不自勝的感覺自心底深處湧出。

我一定會成功的！阿爸！你一定要助我成功！

我故意走得很慢很慢，望著那老舊的路燈，微微一笑。

阿爸就在那兒，我把它埋在每天的必經之路上，這樣它永遠都能看得見我。

「欸！欸——」騎著腳踏車的警察迎面而來，我停下腳步。「陳小美！」

我頷首，帶著點悲傷望著他。「嘿。」

「妳還好吧？一個人現在還行嗎？」警察先生關心的問，「妳阿爸還沒找到？」

我搖搖頭，「還沒，你們有消息嗎？」

「沒啊，我們很努力了，但就是找不到他！」警察先生嘆著氣，「妳加油，有問題就來找我好嗎？」

「謝謝！」我微笑著，這個警察先生長得很好看，跟我年齡也相仿。

他笑得靦腆，逕自騎車離去，我多看了路燈一眼，重新邁開步伐。

『他會發現的。』肩上突然一陣冰冷沉重，我左肩掛著一顆頭顱，『他已經快查到了，妳得趕快把他幹掉。』

「說什麼呢？」

『他想要再去妳家一趟，他是警察，我們擋不住的！』

『他一定會知道的，他已經查到老頭子特地買魚回去給妳吃，不可能隨便離開的！』

『障眼法對一般人有用，那小子不行！他會看穿我們設下的迷障的！』

我難受的皺起眉，回首看著那騎車遠去的身影，「可是我喜歡他啊！」

『那就把他留下啊！他會非常好用的！』魍魎鬼魅們建議著、鼓譟著也擔憂著。

唉，我不得不嘆口氣，逕自往前走了數步，抬頭望著有點灰濛濛的天空，什麼時候，才能撥雲見日呢？

沒關係，現在什麼都還沒有，我禁得起所有的失去。

「殺掉他吧。」

『嘻！』

我是陳小美，我擁有無上的靈力，我能給這些孤魂野鬼希望，我也能驅使它們為我做任何事。

它們唯一不知道的，只有一件事：

那就是我永遠都不可能渡化它們，永遠不可能。

《妳比鬼可怕・完》

禁獄

等菁作品15

國家圖書館出版品預行編目資料

禁獄 / 等菁作 . -- 初版. -- 臺北市 :
春天出版國際, 2015.11
面 ;　公分
ISBN 978-986-5706-92-0 (平裝)

857.7　　104019046

ISBN 978-986-5706-92-0
Printed in Taiwan

作者　等菁
封面繪圖　Cash
美術設計　三石設計
總編輯　莊宜勳
主編　鍾靈
編輯　黃郁潔

出版者　春天出版國際文化有限公司
地址　台北市信義區信義路四段458號3樓
電話　02-7718-0898
傳真　02-7718-2388
E-mail　frank.spring@msa.hinet.net
網址　http://www.bookspring.com.tw
部落格　http://blog.pixnet.net/bookspring
郵政帳號　19705538
戶名　春天出版國際文化有限公司
法律顧問　蕭顯忠律師事務所
出版日期　二〇一五年十一月初版
　二〇一六年八月初版七刷
特價　160元

總經銷　楨德圖書事業有限公司
地址　新北市新店區寶興路45巷6弄6號5樓
電話　02-8919-3186
傳真　02-8914-5524

苓菁作品

苓菁作品

苓菁作品

苓菁作品